La Petición de Bridget

Sorpresiva Novela de Misterio y Dominación Erótica

Erika Sanders

La Petición de Bridget:
Sorpresiva Novela de Misterio y Dominación Erótica

Erika Sanders
Serie
Dominación y sumisión erótica

Sinopsis

Bridget, una hermosa modelo de alto nivel, está obsesionada con un magnate de la industria de origen italiano llamado Leonardo, que también es su amigo.

Éste, y para sorpresa de ella, tiene preparado un contrato para que ella pueda entrar a formar parte de su negocio televisivo.

Pero ella le pide un encargo para aceptar ese contrato.

¿De qué encargo se trata? ¿Por qué está tan nerviosa Bridget por las consecuencias de ese encargo?

La petición de Bridget es una novela de fuerte contenido erótico BDSM y, a su vez, una nueva novela perteneciente a la colección Dominación Erótica, una serie de novelas de alto contenido BDSM romántico y erótico.

(Todos los personajes tienen 18 años o más)

Nota sobre la autora:

Erika Sanders es una conocida escritora a nivel internacional, traducida a más de veinte idiomas, que firma sus escritos más eróticos, alejados de su prosa habitual, con su nombre de soltera.

Índice:

LA PETICIÓN DE BRIDGET
ERIKA SANDERS

1.

La habitación estaba en silencio, iluminada solo por la encendida lámpara de mesa que brillaba con su haz de luz en un lado, al lado de Bridget.

Su cuerpo desnudo se arrodilló sobre la cama con su largo cabello castaño que le caía sobre sus hombros y espalda, con la cabeza inclinada hacia adelante, apartándose de la luz.

Luego comenzó la música, un ritmo lento y suave al principio, cada vez más fuerte y aumentando el ritmo con él, su cabeza comenzó a elevarse al ritmo del ritmo.

Entonces la música llegó a un crescendo y Bridget sacudió la cabeza, lanzando el velo de suave cabello hacia atrás desde su cara.

Una pausa silenciosa y la luz iluminó sus rasgos.

Con los ojos cerrados con delicadeza, sus labios pintados de color rosa se separaron.

Su rostro era una visión de calma y tranquilidad.

La música comenzó de nuevo, una armonía de cuerdas cuando sus manos enguantadas de encaje se deslizaron de sus hombros y sobre sus pechos, con los dedos separados y relajados, deslizándose lentamente sobre cada suave montículo de su suave piel.

Sus dedos se aferraron, ahuecando su carne rosada, y acariciando sus pechos con un suave agarre.

Bridget abrió los ojos de par en par, revelando sus orbes azul zafiro y reflejando el brillo de la luz dentro de ellos.

Sus labios se separaron y su lengua comenzó a lamer suavemente como si los estuviera probando.

Su mente estaba sobre la música, creando un mantra para sus pensamientos profundos y su imaginación salvaje cuando cada pulgar y dedo sujetaban sus firmes pezones.

Estaba excitada y emocionada por la música.

Ella comenzó a lamentarse, un suave gemido de satisfacción cuando su pulgar y sus dedos comenzaron a tirar de la carne rígida de sus brotes rosa oscuro.

Escalofríos recorrieron por su columna vertebral que parecían viajar hacía un destino en su ingle, enviando oleadas de placer a través de cada nervio y tendón en su cuerpo.

Soltó una mano de sus pezones y la deslizó hacia abajo, tocando su ombligo con ternura hasta alcanzar el montículo de vello púbico perfectamente recortado.

La otra mano se movió hacia arriba a través de su delgada garganta.

Con un dedo entrelazado extendido, se tocó los labios y la lengua y lo chupó, cerrando los ojos una vez más en éxtasis con la música danzando en su cabeza.

Sus sentidos se iluminaron cuando su dedo enguantado se abrió camino a través de los pliegues húmedos de la piel de la vagina, explorando delicados pétalos labiales y alcanzando su objetivo.

Con otros dos dedos separó sus vaginales labios rosados, se abrió la vagina y comenzó a acariciar la diminuta hinchazón sin capucha de su clítoris, moviéndose suavemente, respirando salvajemente y gritando como si se lamentara, en armonía con la música que la rodeaba.

Bridget contuvo el aliento cuando la música se detuvo.

Sus ojos se abrieron de par en par y en ese preciso momento ambas manos se juntaron en su ingle, sintiendo el cálido chorro cuando se soltó.

Había alcanzado el pico más alto de su orgasmo y su cuerpo se puso rígido y tembló durante unos segundos hasta que se relajó, soltando el aliento y agarrando el ritmo suave de la música.

Ella miró sus pechos, firme y ligeramente enrojecidos por la tensión de su clímax.

Sus pezones sobresalían como pequeños tallos, apuntando hacia afuera y sintiendo la frescura del aire.

Poco a poco con la música, comenzó a respirar a un ritmo normal, sintiendo la relajante armonía a su alrededor.

Lentamente, sacó ambas manos de la ingle y sintió la humedad de su néctar en los dedos con guantes blancos.

La música terminó y Bridget se recostó.

Descansando su cabeza en la almohada de seda blanca perla.

Ella sonrió para sí misma y levantó sus rodillas y con los brazos descansados sobre su cabeza en un mar de suave cabello castaño, se echó a reír.

***

Después de una ducha, Bridget se cubrió con una toalla y volvió a su habitación.

La cámara de video todavía estaba montada en la esquina de la habitación encima del tocador y con ella había grabado su solitaria actuación de antes.

Algo que ella quería hacer sin ninguna razón aparente.

Un capricho, una fantasía y nada más, solo para capturarse a sí misma teniendo un orgasmo con su pieza clásica favorita de música de Strauss.

Se había convertido en algo que había perfeccionado en los últimos meses.

Bridget se estaba fundiendo con la música, como si le hiciera el amor.

Mente y cuerpo en unión sexual y armoniosa con la propia música.

Ella se sentó frente al tocador.

Se inclinó hacia delante y separó su húmedo cabello para mirar su propia cara en el espejo.

De lo que más orgullosa estaba de sí misma era su impresionante belleza.

Estaba profundamente enamorada de sí misma, vanidad más allá del reconocimiento.

Pero una cosa que le dio fue respeto.

Se respetaba a sí misma y su inteligencia le dijo que eso era bueno y natural.

Al menos ella era alguien especial y segura de sí misma.

Su vida como modelo había dado sus frutos y ella podía hacer casi cualquier cosa que quisiera.

Bridget no necesitaba maquillaje, ella tenía belleza natural.

Pero los cosméticos simplemente la mejoraban y la presentaban de tal manera que la hicieron destacar, haciendo que la gente volviera la cabeza, a su paso, con asombro e hicieron que otras personas la envidiaran.

Pero entonces esa era su vida ahora y tenía todo lo que ella realmente quería.

Los sueños de cuentos infantiles de su infancia se habían hecho realidad.

Después de aplicarse su brillo de labios, hizo un puchero y sonrió.

"Dios, eres tan sexy", le susurró a su propio reflejo.

Luego se sentó y apartó la toalla de su alrededor, revelando sus pechos firmes, para mirarlos con admiración.

Estaban perfectamente formados e iguales, el tono de la carne equilibrado entre el pezón y la aureola.

Se puso de pie y giró, la forma de sus caderas, la delgadez de su barriga, la línea suave de sus nalgas y muslos eran lo que todas las modelos podían desear.

Y ella no había hecho nada para lograrlo sino respetar su propia naturalidad.

* * *

Esa noche llegó al restaurante con un costoso vestido azul de diseñador que revelaba sus formas.

Su cabello estaba recogido con una cinta de seda blanca y fue saludada por el personal de la entrada que la llevó hacia su anfitrión.

Su perfume de jazmín flotaba en cada fosa nasal de cada persona con la que se cruzaba mientras lo seguía a través de los clientes sentados en sus mesas.

Leonardo se levantó y le tendió la mano para recibir la de ella.

Él la besó suavemente y ella notó su magnífico y hermoso físico.

Él era todo lo que ella había esperado.

Cabello oscuro y oscuros ojos latinos románticos.

Una sonrisa que decía todo lo que ella quería escuchar sin que se dijeran palabras.

"Estoy tan contento de que pudieras estar aquí esta noche. Te ves maravillosa", dijo. El jefe de camareros retiró la silla para que ella se sentara. "Pensé que nunca llegarías aquí."

"Gracias, lo siento, llego tan tarde".

"No hay necesidad de disculparse. Al menos ahora estás aquí".

El camarero sirvió el vino para que ambos lo examinaran y lo aprobaron, permitiéndole llenar sus copas.

Bridget estaba más interesada en su anfitrión y ella miró sus rasgos inmaculados cuando el camarero tomó su orden.

Leonardo no solo era importante para ella por lo que podía ayudar en su carrera, sino que también era alguien con quien soñaba, un hombre con el que fantaseaba con bastante frecuencia.

Ahora estaba al otro lado de la mesa en persona.

A pesar de que tenía el doble de su edad, Bridget lo encontraba muy interesante y emocionante.

A ella siempre le habían atraído los hombres mayores, especialmente los carismáticos, como él.

Después de todo, Leonardo también era famoso.

Ella lo sabía todo sobre él, se enteró de su vida a través de reportajes y revistas, y había estudiado a fondo su trabajo.

"Estoy muy sorprendido", le dijo, "Has rechazado muchos contratos cinematográficos. ¿Por qué?"

Bridget apoyó la cara en su mano y sonrió, inclinándose hacia él.

"Simple. No soy actriz y nunca he aspirado a ello ni a serlo".

"Ya veo. Así que no eres como las demás".

"¿Las demás?"

"Sí, otras. Supermodelos. Tienen ambiciones de hacerse famosas en el cine. Por supuesto, no todas tienen lo que se necesita".

"Yo tampoco."

"¿Pero, como lo sabes?"

"Actuar para mí es un arte que requiere cierta habilidad para adquirir cierto carácter. Nunca he sido buena en eso. Las modelos que mencionas no siempre actúan como tales. Simplemente se ven bien para la cámara. Y ya lo hago también, pero solo como modelo ".

Leonardo se echó a reír. "Ya me advirtieron sobre eso".

"¿Acerca de?"

"Tu ingenio inteligente y tu terquedad".

"De verdad. ¿Y qué más dicen 'ellos' sobre mí?"

"Que eres hermosa e hipnótica y muy, muy encantadora".

Su comida llegó.

Eran clientes importantes y especiales.

La élite del mundo de la moda como muchos otros que utilizaron ese restaurante.

Y en silencio comieron y bebieron vino con la suave música que sonaba de fondo.

"Chopin," dijo ella.

"¿Perdóneme?"

"La música. Es Chopin".

"¡Ahhh! Sí, la escucho. ¿Te gusta Chopin?"

"Amo toda la música clásica y moderna. Mi padre era director y compositor por derecho propio. Crecí con eso. La música es parte de mi vida"

"Eso es algo que no sabía".

Bridget lo miró y sonrió, "Bueno, ahora sí".

Habiendo terminado, Leonardo encontró la manera de discutir el motivo de su reunión.

Él le explicó a ella sus deseos de tenerla en uno de sus proyectos publicitarios. "No actuando exactamente como dices," hizo un apunte para explicarse. "Estarás modelando, pero vendiendo el producto como en las películas. ¿Un nuevo horizonte para explorar tal vez?"

El camarero se acercó para reponer sus copas de vino vacías.

Bridget cubrió la suya con una mano, indicando que no deseaba más.

"¿No es el vino a tu gusto, señora?"

"Fue maravilloso, pero ya he tenido suficiente por hoy, gracias".

Leonardo la miró y luego al camarero, y con un gesto de su cabeza, lo despidió junto con la botella de vino.

"¿Prefieres ir a otro lugar?" Preguntó Leonardo.

"¿Un club nocturno?"

"¿Tienes uno al que te guste ir?"

Bridget lo miró.

Tenía un cierto lugar en mente que era muy atrevido.

Un lugar que le encantaba visitar, pero que no era muy conocido.

Y sabía que Leonardo nunca habría estado allí, y quería verle a él allá.

* * *

Su automóvil privado los iba a llevar a través de la ciudad, a través de las concurridas calles, iluminadas por letreros de neón.

Leonardo era un extraño aquí y lejos de su hogar nativo italiano de Florencia.

"¿Es esta discoteca tu lugar favorito?" Preguntó Leonardo.

Sus ojos la miraron con admiración mientras se sentaba a su lado en el coche.

Ella sabía que él la deseaba, y que quería quitar cada capa de su ropa y sentir su piel desnuda en las puntas de sus dedos.

Ella se había acostumbrado a los hombres como él y sus intenciones.

"Sí. Se podría decir eso".

"¿Y nuestro negocio? ¿Qué hay de mi propuesta?"

"Lo sabrás cuando lo haya decidido", respondió ella con una sonrisa, mirándolo desde la esquina de sus ojos mientras sentía su mirada sobre ella. "Después de que nos hallamos divertido un poco, por supuesto".

Leonardo se había quedado encantado.

Ella podía hacer cualquier cosa que quisiera con él.

Y cualquier cosa significaba todo dentro de su forma de pensar.

El auto se detuvo frente a una discoteca en un lado de una calle aislada.

Leonardo salió y le ofreció la mano.

Miró a las puertas cerradas que no indicaban dónde estaban, solo que formaban parte del establecimiento al que se dirigían.

"Te llamaremos cuando te necesitemos", le dijo al conductor.

En ese momento, el auto arrancó de nuevo y se dirigió hacia la calle principal, dejándolos solos.

Era una entrada lateral y Bridget caminó hacia las puertas, tocando tres veces, mientras Leonardo se quedaba detrás de ella para mirar.

La mirilla se abrió y ella le dijo a la persona de dentro quien era.

Las puertas se abrieron y un enano apareció en el marco.

En silencio hizo una reverencia y les permitió a ambos entrar.

"Gracias, Thomas", le dijo ella.

"Que tenga una tarde agradable, señora", respondió Thomas con una sonrisa que se extendió por su rostro de oreja a oreja.

2.

Leonardo una tenía curiosidad.

"¿No somos lo suficientemente buenos para entrar por la entrada principal?" Preguntó mirando a Thomas.

El enano cerró las puertas con llave y abrió el camino por un pasaje poco iluminado, pero lo justamente amplio como para que tuvieran que caminar en una sola fila.

"Tengo que decir que esto es muy misterioso".

El sonido de los tacones de Bridget hacía eco, ahogando la música de baile que venía del club.

"Me gustan los misterios." Bridget respondió.

Leonardo la siguió, observando el movimiento de sus caderas mientras ella seguía al enano a través de una sola puerta acolchada.

Los condujo por una escalera de caracol, que los llevó a las entrañas del local.

En la parte inferior fueron a entrar a otra habitación por unas puertas, que Thomas abrió, pero ya sin entrar él.

"Gracias Thomas".

Una vez más hizo una reverencia, permitiéndoles entrar con la misma sonrisa inalterada en su rostro.

Leonardo miró a su alrededor.

La vista que se encontró con su mirada lo asombró.

Había varias mesas puestas y cada una tenía dos personas sentadas a la luz de las velas.

Había hombres con hombres y mujeres con mujeres y las habituales parejas de hombres y mujeres.

Bridget llevó a Leonardo a una mesa vacía y se sentaron.

"¿Así que esta es una discoteca privada?" preguntó.

"Sí. Muy privada".

La lenta música de jazz sonaba suavemente y todos parecían mirar y susurrar acerca de la pareja que acababa de llegar al local.

Leonardo asentía cortésmente a los saludos, sonriendo a algunos de ellos y mientras las parejas hacían lo mismo.

"Esto está muy aburrido. ¿Se animará pronto?" preguntó.

"Oh, sí. Lo hará, muy pronto". Respondió Bridget, sonriendo a su invitado.

"Entonces, ¿tu padre era músico? Dices que sí. ¿Ya no está con nosotros?"

"Murió cuando yo tenía quince años". Bridget apoyó los brazos en la mesa y su mente vagó momentáneamente, pensando en otro hombre en su vida que una vez admiró. "Era un muy buen músico, aunque no tan famoso como algunos otros".

"Ya veo. Lamento oír eso".

"No, está bien."

Leonardo se giró rápidamente para depositar su mirada en la camarera que había llegado a su mesa.

Era alta, con el pelo rubio recogido hacia atrás y con solo una tanga negra por todo vestuario.

Sus ojos se posaron en sus pechos llenos, las areolas rosa oscuro y los pezones coloreados del mismo color que su lápiz de labios.

"¿Les apetece algo, señor, señora?"

"Sí. Creo que tu mejor champaña estaría bien ahora".

"No señor. Me estaba refiriendo a mí" Respondió la camarera.

Leonardo volvió a mirar a Bridget quien estaba sonriendo una vez más.

Ella estudió la expresión de sorpresa en su rostro y esperó a que él dijera algo.

"¿Qué es esto?"

"Ella quiere saber lo que quieres de ella"

"¿De ella?"

"Sí. Su cuerpo y sus afectos ¿tal vez?".

"Pero, Bridget, no entiendo"

"Vamos, Leonardo, creo que entiendes lo que ella quiere decir. ¿Cómo te llamas?" Bridget preguntó a la camarera.

"Jacky, señora".

"Bueno, Jacky, creo que a Leonardo le gustaría que te quites la tanga antes que nada".

Jacky deslizó lentamente la tanga por sus muslos y se inclinó hacia delante para quitársela.

"¡Quieta!" Bridget ordenó. "Quédate así, voltea y deja que Leonardo te mire por detrás".

"Esto no es lo que esperaba en un club nocturno". Leonardo se echó a reír.

Jacky se dio vuelta, con sus nalgas frente a él mientras sus ojos se quedaban fijos en el pliegue parcialmente abierto de la vagina, que le daba una visión de sus labios, doblados como pétalos y rodeados por un delgado nido de vello púbico rubio oscuro.

"Estas concentrado." Bridget dijo. Y así también todos los demás presentes en la habitación. Sus ojos se fijaron en los ojos de Leonardo, inexpresivos y silenciosos. "¿Te gusta lo que ves?"

"No estoy seguro de qué se trata todo esto".

"Se trata sobre ti y Jacky. ¿Qué te gustaría hacerle a ella?"

Leonardo se rió, esta vez con un toque de nerviosismo.

"Puedo pensar en muchas cosas que me gustaría hacerle. Lo que es más importante es lo que ella me está haciendo ahora".

"¿Y que sería eso?" Pregunto Bridget

"Bueno ..." Una vez más ella esperó su respuesta. "¿Esto es algún tipo de truco?"

"¿Por qué lo sería? Jacky, ponte de pie y muéstrale a Leonardo cuál es tu especialidad".

Jacky lo hizo girar con suavidad y se arrodilló entre sus muslos abiertos, mirándolo a la cara.

Ella comenzó a aflojar su chaqueta y luego abrir los botones de su pantalón.

Leonardo permaneció inmóvil, pasando su mirada alternativamente entre Bridget y luego a lo que Jacky estaba haciendo.

Lenta y suavemente, ella puso su mano dentro y él sintió que ella tocaba su polla.

Aún estaba inerte pero sus acciones pronto empezaron a cambiar eso.

Los presentes solo podían ver a Jacky con la mano dentro de sus pantalones, ya que solo Leonardo podía sentir lo que estaba haciendo.

Su virilidad se hizo más evidente con cada caricia que ella le daba.

"¿Lo estás disfrutando?" Pregunto Bridget

"Soy un hombre. Por supuesto que lo estoy disfrutando".

Bridget vio cómo su expresión mostraba signos de luchar contra sus sentimientos.

Se estaba excitando y, sin embargo, se resistía por dónde estaba y por la situación en la que se encontraba.

"Jacky como está su polla?"

"Está muy dura, señora, y comienza a tener la cabeza mojada".

"Haz que se corra".

"Si señora."

Las caricias de Jacky se hicieron más rápidas y a Leonardo le resultó aún más difícil resistirse.

Estaba en un mundo atrapado entre el placer y la ansiedad, y ganó el placer cuando echó la cabeza hacia atrás y comenzó a respirar rápidamente.

Bridget observó que sus ojos se cerraban con fuerza cuando su cuerpo comenzó a inclinarse sobre la silla y se mordió el labio inferior dejando escapar un gemido de satisfacción.

Jacky se detuvo y luego se puso de pie.

"Llegó señora".

"Gracias, eso será todo por ahora". Bridget la despidió y ella se alejó lentamente balanceándose y jugando con su tanga en la mano.

Leonardo se quedó quieto y abrió los ojos, volviéndose hacia Bridget.

"¿Por qué hiciste eso?" preguntó.

"Era lo que querías".

"Nunca esperé que eso sucediera. ¿Qué es este lugar?"

"Es mi sueño hecho realidad". Bridget respondió.

"¿Tuyo? ¿Eres dueña de este club?"

"De este sótano, sí".

"Entonces, todo lo que puedo decir es que eres una chica extraña, Bridget y tu sentido de la diversión es intrigante. ¿Qué sucede ahora?"

"Sígueme."

Bridget abrió el camino a través de las mesas y Leonardo lo siguió, abrochándose el pantalón y asintiendo con la cabeza y sonriéndole a los invitados que aún tenían sus ojos fijos en él, y todavía sin expresión.

"¿Y quienes son ellos?" se preguntó a sí mismo.

Entraron en una habitación y Bridget cerró la puerta detrás de ellos.

En la habitación había un escritorio y una silla, iluminados solo por un candelero.

Bridget se apoyó en la mesa y cruzó los brazos mirándolo.

"Me quieres, ¿no, Leonardo?"

"¿Para el contrato? Sí".

Ella rió.

"¿Eso y algo más?"

"Quieres decir. ¿Qué si quiero hacerte el amor? ¿Qué hombre podría resistir esa oportunidad? Pero esto todavía no lo entiendo. ¿Por qué estás jugando a este juego?"

"¿Qué juego?"

"Me invitas aquí y luego permites que esto suceda. ¿Por qué?"

Ella se movió hacia él y se quedaron cerca, sin tocarse.

Leonardo fue atraído por su insaciable atracción, inclinándose para besarla.

Ella abrió sus labios y él chupó su lengua hasta que su beso se volvió apasionado.

Su mano encontró la división en su vestido, que corría a lo largo de su suave muslo, pero Bridget agarró su muñeca antes de llegar a su cadera, separando el beso rápidamente.

"No aún no."

"¿Qué quieres decir?"

"Antes necesito un favor", le dijo ella.

"¿Qué tipo de favor?"

"¿Harías algo por mí? ¿Algo que te pidiera?"

"Sí. Para poder tocarte y hacerte el amor, haré cualquier cosa".

"Entonces siéntate y escúchame".

Se sentó y le apartó el pelo, observando cada movimiento que ella hacía mientras abría el escritorio.

Bridget sacó un gran sobre verde y lo colocó en la parte superior.

"Esto es muy importante. Y necesito tu palabra de que harás este favor por mí".

Leonardo se había calmado y comenzó a preguntarse qué ayuda querría ella.

"Quiero que entregues esto".

Ella le entregó el sobre.

Era voluminoso pero suave al tacto.

"¿Qué es?"

"Eso no importa. ¿Lo harás por mí?"

Bridget se sentó a horcajadas en su regazo, permitiendo que el vestido se abriera a lo largo de la gran abertura para que pudiera ver sus bragas azul claro, apretadas contra su ingle.

La observó mientras ella se deslizaba suavemente hacia delante, permitiendo que el escote se hundiera y le permitiera ver su piel sedosa y la forma redondeada de su pecho.

"Dime más. ¿Dónde voy a entregar esto?"

"Cuando regreses a Florencia, debes entregarlo con el nombre y la dirección de la persona que figura en la etiqueta".

Leonardo la miró y la leyó.

"Conozco a esta persona".

"Sí, lo sé", respondió ella, acariciando su rostro con el dorso de sus dedos, suavemente.

"Es por eso por lo que te estoy pidiendo este favor".

Ella gentilmente acercó su cara a la de él y luego lo besó.

Leonardo quería más de ese beso, pero ella puso sus dedos sobre sus labios.

"No."

"Entonces acepto. ¿Podemos hacer el amor ahora?"

"Todavía no. Debo estar segura de que haces esto por mí".

"Por supuesto que lo hare."

"No. Ni ahora y ni aquí".

Sus delgados dedos acariciaron sus labios mientras lo miraba.

Su expresión estaba llena de curiosidad.

"¿Cuándo?"

"Cuando vengas de Italia y trabaje para ti".

"Pero antes no estabas segura. ¿Esto significa que aceptas el contrato?"

"Por supuesto."

Ella sonrió y luego lo besó.

Él la abrazó y ella se dio cuenta de que el sobre estaba entre ellos y rápidamente se retiró.

"Debes cuidarlo. Mantenlo seguro, no lo dobles ni lo abras por ningún motivo".

"¿Que hay en ello?" preguntó.

"Un regalo." Bridget le dijo.

Ella sonrió y miró sus deliciosos ojos marrones.

* * *

Ya, más tarde, el coche regresó.

El conductor aparcó y esperó donde había dejado a sus pasajeros esa noche y en unos minutos se abrieron las puertas laterales.

Leonardo fue dejado salir por Thomas y se volvió para darle las gracias.

"El placer es mío, señor."

Thomas hizo una reverencia y luego cerró las puertas.

Leonardo quedó de pie y pensó en lo que había sucedido esa noche y miró el sobre que tenía en la mano.

Entró en el auto y le ordenó al conductor que lo regresara a su hotel.

3.

Bridget observó cómo Thomas cerraba las puertas.

Se dio la vuelta y pasó junto a ella, esta vez no había una amplia sonrisa; en cambio, simplemente ignoró su presencia como si ella no estuviera allí.

"Bien hecho ... bien hecho".

Jacky apareció como de la nada y aplaudió lentamente.

Se quedó detrás de Bridget en las sombras.

"Creo que eso fue bastante bien, ¿no?"

Bridget se volvió para mirarla.

Ahora estaba vestida y ya no era la servil camarera que había sido esa misma noche.

"He pagado a los invitados. Están listos para irse".

"No estoy segura de si esto es lo correcto". Dijo Bridget.

Jacky se acercó, su rostro ahora visible y con una sonrisa triunfante.

"Además, nunca antes he engañado a nadie".

"¿Oh? Estoy segura de que tienes razón."

Jacky pasó sus brazos extendidos a ambos lados de Bridget, colocándola entre ella y la pared.

"Querías esto y juntos podemos matar dos pájaros de un tiro. Todo lo que tienes que hacer es negar que hayas venido aquí esta noche".

"¿Y el conductor?"

"El conductor trabaja para mí. Ya ves, todo está planeado. Todo lo que queda es ..." Jacky pasó un dedo por el cabello de Bridget, continuando por su mejilla y deteniéndose en sus suaves labios abiertos. "Todo lo que queda es tu silencio".

"Lamento haber aceptado esto".

"No es el momento de lamentarse. No ahora que hemos llegado tan lejos".

"¿Qué hizo Leonardo? ¿Por qué lo odias tanto?"

Jacky dio un paso atrás y su expresión cambió.

"Por lo que le hizo a mi hermana. Prometí vengarme, y ahora tengo esa oportunidad, gracias a conocerte".

"¿Y todo lo que tengo que hacer es negar lo que pasó?"

"Sí. Y tú también lo consigues, no lo olvides. Dos pájaros, un tiro. La venganza puede ser tan dulce mi querida Bridget ... tan dulce".

"Necesito un taxi. He tenido suficiente por una noche". Respondió Bridget.

Jacky chasqueó los dedos y Thomas apareció instantáneamente desde las sombras del estrecho pasaje.

"Ya escuchaste a la dama, Thomas. Llama a un taxi para recogerla en la entrada principal".

* * *

Bridget regresó a su apartamento, se bañó y se dispuso a relajarse en su cama con la cámara de video en sus manos.

Volvió a pasar la videocasete al comienzo de su actuación en solitario, la que grabó esa misma tarde.

Encendió el centro de música con un control remoto que continuó poniendo la música de Strauss que tanto le gustaba.

Ella iba a echar un vistazo a la cinta, pero la pieza de música que estaba tocando le recordó una vez más a su padre.

Era su favorita también.

Recuerdos comenzaron a inundar su mente de la vez que se sentó en el balcón de la sala de conciertos y observó a su padre dirigir la misma pieza.

Lo hizo con tanta gracia y con tanta confianza, sintiendo cada parte de la música y cada instrumento.

El teléfono sonó a su lado.

La despertaron del flashback y miró la hora.

Era tarde y ella no esperaba que nadie la llamara, especialmente a su número privado de la casa.

"¿Hola?"

"¿Bridget? Soy yo, Leonardo", le dijo la voz.

Se sorprendió al ver que él volvería a contactarla tan pronto.

"¿Cómo obtuviste mi número?"

"Eso no es difícil para mí. Necesitaba hablar contigo. No puedo dormir".

Ella escuchaba con preocupación.

Esto no tenía que estar sucediendo.

Se arrodilló en la cama sosteniendo la toalla a su alrededor.

"Hola, Bridget, ¿estás ahí?"

"Sí."

"Como dije, no podía dormir. Esta noche fue tan extraña que no puedo dejar de pensar en eso. Explotaste una de mis debilidades y nadie lo había hecho antes sin que yo se lo dijera. Necesito verte".

"¡No!"

"Escucha ... no cuelgues. Por favor, déjeme hablar. ¿Por qué es tan importante este regalo para Ángel? ¿Por qué me lo diste?"

"¿Qué quieres decir?"

"Quiero decir, ¿por qué tuviste que jugar a ese juego? No me malinterpretes, Bridget, lo disfruté. Pero parecía que todo fue arreglado para mí. Y pensé que habría más".

"No fue un juego".

"Entonces no lo entiendo. Por supuesto, le entregaré el regalo si así lo deseas. Y espero que trabajes para mí muy pronto. Redactaré el contrato de inmediato y te lo enviaré. Pero esto es tan ridículo, ¿por qué no podemos estar juntos por unas horas? Puedo pedirte que te recoja mi auto de inmediato y recorramos mis fetiches y fantasías para esta noche ".

"No Leonardo".

Y ella volvió a colocar el receptor en el teléfono, rápidamente, cortándolo.

Se arrodilló durante un rato preguntándose qué hacer.

Esto no era parte del plan.

Iba a ser sólo una reunión.

El club nocturno y eso sería todo.

En unos pocos días se habría logrado el objetivo, y tanto Leonardo como Ángel estarían muertos.

Y nadie sabría nunca quién lo había hecho y si se investigaba, entonces negarlo todo les permitiría salirse con la suya.

Se recostó y se mordió el pulgar con nerviosismo, su mente corría con pensamientos de arrepentimiento y culpa.

Ella confiaba en Jacky explícitamente.

* * *

Leonardo se sentó en su habitación de hotel con el teléfono en la mano.

El débil sonido de la línea desconectada aún ronroneaba mientras pensaba y luego colgó el receptor deseando que Bridget hubiera realmente aceptado su oferta de trabajo.

La deseaba tanto y hacía mucho tiempo que no anhelaba tanto a una mujer como ella.

Pero también estaba preparado para explicar su extraño comportamiento, al darse cuenta de que simplemente podía estar jugando con él, jugando con sus más profundas y oscuras emociones sexuales.

Llamó al operador pidiendo una línea directa a Miguel Ángel Andreotti.

Sería tarde en su casa, pero sentía que la llamada ahora era importante.

A los pocos segundos respondió directamente Ángel.

"Soy Leonardo, Leonardo Biscas. Lamento molestarte en una hora tan tardía mi amigo, pero algo me está inquietando ..."

* * *

Bridget posaba de forma natural para la cámara.

Ella no necesitaba muchas sugerencias del fotógrafo, ya que ella ya naturalmente se comportaba de la manera que él esperaba.

La ropa de seda que llevaba estaba diseñada con la forma que se suponía que daría la brisa del abanico en ella, y su forma la complementó al adaptarse completamente a todas las partes adecuadas de su cuerpo, el material de seda presionando contra sus senos, sus pezones claramente definidos y resaltados a través de ella.

"Estás fantástica, bebé. O.K., ya está bien por hoy", le dijo el fotógrafo.

Se relajó y se apartó del set yendo hacia su maquilladora personal que esperaba para acompañarla al vestidor.

"Mañana a la misma hora Bridget, por favor".

"No hay problema." Ella respondió, besándolo suavemente en la mejilla.

Cuando entró en el camerino, Leonardo estaba sentado en el tocador.

Bridget se sorprendió al encontrarlo allí. "¿Qué estás haciendo aquí?"

"Pensé en hacerte una visita".

"Pero se supone que debías estar volando de regreso a Florencia".

"Cancelé mi vuelo hasta una fecha posterior".

"¡No puedes!"

"Pero lo hice. Necesitaba verte de nuevo".

Bridget se volvió hacia su maquilladora, una tímida chica con gafas que parecía tan sorprendida como Bridget al descubrir que Leonardo se había invitado el mismo a entrar en el camerino.

"¿Por qué no me avisaste?" Bridget le preguntó.

"Lo siento, no sabía que él estaba aquí".

"Ok, déjanos solos".

La chica se fue apresuradamente, cerrando la puerta detrás de ella.

Bridget comenzó a quitarse el atuendo que llevaba con la espalda vuelta hacia él.

Él observaba atentamente mientras ella se quedaba completamente, excepto por sus calzones blancos delante de él.

"Por favor, da la vuelta, al menos déjame verte", pidió.

Bridget ahuecó sus pechos y se volvió hacia él, sonriendo.

A pesar de su peculiar comportamiento en la noche anterior y que aún seguía teniéndolo, ella era un misterio tentador para él.

Ella era ante sus ojos una mujer muy hermosa, totalmente irresistible.

Y Bridget tenía los mismos pensamientos hacia él.

De todos los hombres que había conocido en su vida hasta ahora, Leonardo era el más impresionante.

Este hombre no solo tenía poder y riqueza, sino también una inmensa atracción física.

"¿Por qué no viniste a mí cuando te llamé anoche?" preguntó.

Se puso de pie y caminó hacia ella.

"Pensaba que nuestro pequeño juego acababa de comenzar".

"Estaba cansada. Había sido un largo día".

Él tomó su mano izquierda y la apartó suavemente de ella.

Sus ojos se encontraron con su pecho y un pezón que mostraba que ella estaba sintiendo su erección.

"Y lo de anoche fue solo una pequeña cosa que había arreglado. Sabía que lo disfrutarías. Además de tu favor, por supuesto".

"¡Ahhh!, sí, el regalo para Miguel Ángel".

Levantó la mano de ella hacia sus labios y besó sus dedos.

Ella lo observó, saboreando cada tierna lamida de su lengua mientras sus ojos miraban los de ella.

"Miguel Ángel era un muy buen amigo de mi padre", comenzó a explicar. "Es solo algo que quería que él tuviera".

"Por supuesto."

Sus besos se movieron por el dorso de su mano con los ojos fijos, observando cómo sus ojos se llenaban del deseo que estaba inculcando.

"La mayoría de la gente pone regalos en pequeñas cajas envueltas en papel bonito".

"No tenía tiempo. Estaba muy ocupada".

"Bueno, ahora tengo más tiempo aquí para pasar contigo, quizás puedas hacer que se vea más presentable el regalo".

Bridget fue sacudida por su impensable sugerencia y rápidamente retiró su mano.

"No."

"¿Por qué no?" preguntó.

Ella lo miró, su mente buscaba una respuesta que ella no tenía.

"¿Hay algo detrás del asunto?"

"No, no."

"Creo que hay algo detrás. Estás escondiendo algo".

"¿Qué estaría escondiendo?"

Comenzó a mirar alrededor de la habitación en busca de ropa, encontrando su sostén.

Ella comenzó a ponérselo.

"Espera, déjame abrocharlo por ti."

Bridget se levantó el pelo mientras él comenzaba a abrocharse los broches.

Pasó sus dedos sobre su hombro con suavidad y su toque la hizo estremecerse, sus ojos cerrados queriendo más.

Era una de las partes erógenas más sensibles de su cuerpo.

La giró y sus labios se encontraron.

Un beso, que él le había buscado, pero que a ella le resultó imposible negárselo, ya que se hacía más apasionada con cada segundo que pasaba.

"Quiero que me folles", susurró ella.

Leonardo la levantó, sus manos agarrando sus nalgas mientras ella lo abrazaba, continuando el beso.

La llevó hasta el tocador, la sentó sobre él y dispersó su contenido a un lado.

Bridget abrió sus muslos de par en par cuando su mano tocó su ingle, sintiendo su cálida humedad.

Había un par de tijeras a mano y él las tomó, cortando la cintura de sus calzones en ambas caderas permitiendo que el material cayera, exponiendo su sexo.

Luego le cortó el sujetador por entre los pechos.

Juntándolos en sus manos, los apretó suavemente para permitir que él los besara y los chupara mientras ella intentaba quitarse la chaqueta.

Leonardo la ayudó, tirándola al suelo.

Verla ahora abierta para él lo hizo detenerse para saborearla.

Leonardo se puso de rodillas y puso sus dedos sobre sus labios vaginales.

Ella sintió como se separaba de ella, para admirar sus pétalos relucientes y abriendo su nuevo dominio privado rosado.

Allí ante él estaba todo lo que había imaginado en sus sueños.

Entonces sintió que su lengua la saboreaba, cálida y penetrante.

Él lamió su pequeño clítoris, atrayéndolo desde su capucha protectora y enviando oleadas de éxtasis a través de ella.

Su fantasía se estaba haciendo realidad ya que había deseado sentirlo haciendo eso desde hace mucho tiempo.

El toque de su lengua era exactamente como ella había imaginaba que sería.

Y cuando él metió su dedo hacia lo más profundo en ella la hizo estremecerse y suspirar con placer.

Se puso de pie y, con los brazos apoyados a ambos lados de ella, se besaron apasionadamente.

Ahora Bridget quería saborear su sexo en sus labios ya que eso haría que todo fuera más emocionante.

Nunca antes le habían dado sexo oral hasta ese momento.

Leonardo había sido el primero y quería recompensárselo.

Sin dudarlo, le desabrochó los pantalones y encontró su polla bien dura cayendo fuerza entre sus dedos, sintiendo la forma y el gran contorno, muy grueso y venoso, con el que estaba dotada.

Una vez más, se estaban cumpliendo sus sueños.

Muchas veces ella había soñado con tomarle la polla con la boca.

La otra noche en el club nocturno, ella quería estar en el lugar de Jacky, haciendo las cosas que le estaba haciendo a él.

"¿Estás lista para hacerlo?" él le susurró.

Aunque estaba lista, había algo más que necesitaba aclararle.

"Sé amable," jadeó suavemente. "Será mi primera vez."

Hizo una pausa por un momento y pensó en lo que ella acababa de confesar.

Era algo que nunca había esperado.

Era una de las mujeres más bellas del mundo y aún era virgen.

Él la respetó por eso y en lugar de empujar profundo y duro, le permitió que lo guiara entre sus labios y lentamente la presionó.

Bridget dejó escapar un suspiro cuando ella lo sintió entrar.

No era diferente al principio a los dedos a los que se había acostumbrado.

Luego gentilmente comenzó a empujar más profundo.

Ella agarró sus hombros, clavando sus uñas en su piel.

"¿Estás seguro de que estás lista?" preguntó de nuevo.

"Sí."

"Dime si te duele. No quiero lastimarte".

"Estoy bien. No te lo lamentes".

"No hay necesidad de lamentar, Bridget. Nunca me imaginé que serías virgen. Ese hecho solo hace que esta vez sea aún más valiosa para mí".

Ella sonrió, sus ojos se cerraron suavemente y ella soltó su agarre sobre la piel de él.

"Gracias."

Leonardo le dio un suave empujón, enviando su virilidad tan dentro de ella como pudo.

Una vez más sus dedos se agarraron en él en respuesta.

Pero no fue por el dolor, sino por la sensación de plenitud y la intimidad que acompañaba.

"Prometo que no voy a correrme dentro de ti", susurró con suavidad.

Pero ese era un deseo que ella ansiaba, pero ella sabía que el hecho de que él se liberara no era muy sensato.

No solo era virgen, sino que también estaba en la época de madurez y fertilidad, y este momento era solo por placer y no por procreación.

Comenzó a empujar y retraerse, lentamente al principio, evaluando su respuesta.

Bridget pudo sentir su orgasmo crecer, comenzó a montarlo y saborear el viaje hacia su clímax.

Leonardo le dio ese privilegio cuando sus gritos se hicieron más fuertes y supo que había alcanzado su punto máximo cuando sus uñas se clavaron en su piel y su cuerpo tembló.

Para Bridget, era como ninguna otra liberación orgásmica que había sentido antes.

Esta vez no fue auto inducida, esta vez su mantra no fue música y esta vez las fantasías fueron reales.

Y ahora, en lugar de cesar, Leonardo comenzó a frenar su ritmo, permitiendo que los sentimientos en ella permanecieran.

"Disfrútalo, mi preciosa", le dijo. "Déjame llevarte a donde nunca has estado antes".

Ahora ella sabía cuál era la diferencia.

Leonardo le dio un orgasmo que duró mucho más que sus expectativas imaginadas.

Entonces alcanzó sus propios límites bajo la fuerza de tal pasión.

Él se retiró y ella sintió que el cálido arrebato de su semen le golpeaba el ombligo mientras gemía su propia liberación orgásmica en armonía con la de ella.

Juntos empezaron a relajarse y los besos ya no eran fervientes, sino amables y amorosos.

Bridget sintió que él se calmaba a través de ella.

Algo que había estado reservando para alguien especial ya se había realizado, y, sin embargo, Leonardo todavía era un extraño para ella.

Y entonces él le susurró algo, que la hizo pensar.

"Te amo."

* * *

Llamaron a la puerta.

"Señorita, ¿puedo entrar ya?" preguntó la voz.

Era su maquilladora.

Leonardo se apartó de ella para que pudiera ponerse decente.

"Estaré libre en un momento". Bridget respondió.

"El fotógrafo desea cerrar el estudio".

"Dile que espere un poco, no tardaré mucho".

Leonardo sonrió y la abrazó, sellando sus últimos momentos con otro largo beso significativo.

4.

La habitación estaba oscura.

Iluminada solo por una luz de pared rosada y debajo de ella una cama, en la que Jacky yacía desnuda, llorando de placer.

Sus muñecas esposadas a la pared, sus senos agitados y estremeciéndose mientras se resistía.

"¡Oh, sí, sí!"

Su voz se repetía mientras movía la cabeza de lado a lado en un salvaje despliegue de gratificación.

Y a su lado estaba el esclavo sexual, un hombre musculoso, joven y moreno con ojos azul zafiro, con sus dedos dentro de su sexo, acariciándola hacia un clímax orgásmico.

Thomas, el sirviente enano, entró en la habitación con un teléfono móvil y el esclavo sexual retiró sus tiernos toques.

"Señorita Jacky, una llamada importante".

Jacky se detuvo; su respiración era pesada con una mirada de angustia en su rostro.

Odiaba ser molestada en momentos de éxtasis extremo.

"¿Cuántas veces te he dicho que nunca me molestes cuando estoy ocupada?"

"Pero esta es la señorita Bridget". Respondió Thomas.

El esclavo soltó su mano derecha del brazalete con el que estaba atada para que ella pudiera atender la llamada.

"¿Qué quieres Bridget? Será mejor que sea urgente".

"Es muy urgente." Bridget respondió. "Leonardo no regresó a Florencia como esperábamos".

"¿Qué? ¿Qué quieres decir con que no regresó como se esperaba? Este no es un buen momento para bromas tontas".

"No estoy bromeando. No va a irse".

Jacky se sentó y despidió a su esclavo y sirviente.

"Ok. Así que es mejor que te expliques. Y es mejor que sea una buena explicación".

"Creo que él sospecha algo. Sabía que esto era una mala idea".

Bridget estaba sentada en su sala viendo el video que grabó de ella con el sonido apagado.

"Estuve con él esta tarde y le pedí que me devolviera la carta".

"¿Le dijiste que era una bomba?"

"No, no soy tan estúpida".

"¿Quieres decir que hicimos todo eso por nada?"

"Sí. Te lo dije, era una mala idea. Nunca deberíamos haber ido tan lejos".

"Entonces, ¿qué hacemos ahora?" Preguntó Jacky.

"Deja que lo piense."

Bridget desconectó rápidamente su teléfono y lo colocó a su lado justo en el momento en que entraba Leonardo en la habitación y tomaba su mano con las suyas.

Juntos, vieron el video y el final que se visualizó ante ellos.

Los ojos de Bridget se ensancharon, una sonrisa placentera en su rostro mientras se veía a sí misma en la pantalla, alcanzando su clímax con la música.

Esto la llenó de sentimientos de deseo sexual, para revivir el momento una vez más.

Leonardo le tocó la cara, observando su expresión mientras cerraba los ojos y se mordía suavemente el labio.

"Te gusta complacerte a ti misma por lo que veo" él le susurró.

Ella asintió con la cabeza en respuesta.

"¿Y te gusta cuidarte?"

Su mano bajó y tocó su pecho cubierto, la dureza de su pezón en las puntas de sus dedos.

"La música, ¿te da placer?"

Sus ojos se abrieron ligeramente y ella lo miró.

"Esto es lo mío. Siempre me he complacido con esta pieza en particular desde que puedo recordar".

Leonardo sonrió y se acercó para besarla.

Bridget encendió el reproductor de música.

Se acostó y observó desde la cama a la forma desnuda de él, volverse y caminar lentamente hacia ella.

Todo iluminado por la apagada luz de las velas atmosféricas.

La música comenzó a sonar y la sala se llenó de sonido.

Otra de sus obras clásicas favoritas, esta vez de Stravinski

Ella se sentó a horcajadas sobre sus caderas y se inclinó hacia delante, besando su frente y su nariz.

Sus ojos se cerraron, sintiendo sus tiernos afectos mientras sus pechos suavemente rozaban su pecho.

Cuando sus lenguas se entrelazaron, sintió que sus manos tocaban sus nalgas, un dedo que se desviaba y exploraba su sexo y su dureza presionándola.

Se sentó y, por primera vez, pudo ver su virilidad, de pie con orgullo, su piel más oscura que la piel de su ombligo y su capullo descubierto.

Sus dedos acariciaron, sintiendo las venas que sobresalían como riachuelos invertidos.

Había sido la primera vez que ella había tocado a un hombre de esa manera.

Levantó las manos, apretando sus pechos cariñosamente.

La sensación de los dedos de él en sus pezones le envió una oleada de placer a través de su cuerpo.

Sintió la necesidad de hacer algo que solo había existido dentro de sus fantasías hasta ahora.

Ella lo miró, sonrió y se deslizó a lo largo de sus piernas hasta que estuvo en posición de llevar su virilidad a su boca.

El primer contacto con el pene de un hombre no fue como ella esperaba, pero su lengua exploró cada parte de su glande y luego la amargura en el sabor de su líquido preseminal se convirtió en otra deliciosa sensación.

Leonardo pasó sus manos por su cabello, gimiendo con apreciación por lo que estaba haciendo.

Ella incrementó sus acciones, llevándolo más profundamente a su boca, chupando y lamiendo, saboreando su suave piel contra su lengua.

Su mano presionó más firmemente sobre su cabeza y sus caderas comenzaron a doblarse con el ritmo que ella le agradó.

Sus gemidos se hicieron más fuertes cuando murmuró algo en voz baja y, de repente, sin previo aviso, sintió que su cálida carga fluía en su garganta.

Ella no tuvo más remedio que tragar.

Pero con el segundo diluvio de esperma, ella pudo sostenerlo, permitiéndole cubrir su virilidad en una mezcla mezclada con su propia saliva.

Ella lo soltó, usando su mano delgada para hacer expulsar otra carga que fluía como jarabe blanco sobre sus dedos.

Por alguna razón, la música ya no parecía importante.

Leonardo había reemplazado esa cierta magia.

El encanto de hacer el amor con la música en sí se había convertido en el segundo lugar en la realidad de las cosas.

Este era un verdadero hombre, un verdadero amante y juntos hicieron su propio tipo de música.

A diferencia de los hombres más jóvenes con que alguna vez bromeó en juegos previos en un pasado no muy lejano, Leonardo se mantuvo con el miembro duro.

Y a diferencia del pasado, ahora estaba lista para tomar la intensidad de las relaciones sexuales.

Ella deseaba tomar el control.

Lentamente, Bridget deslizó su virilidad hacia ella.

Estaba mojada y este paso parecía más fácil ahora mientras él presionaba.

Él sostuvo sus caderas permitiéndole que lo montara suavemente, usando sus dedos para tocar su clítoris, produciendo una combinación de masturbación y la sensación de estar dentro de él.

Una ola de sensaciones hormigueantes inundó sus sentidos cuando alcanzó el pináculo de su orgasmo.

La culminación fue tremenda y ella descubrió una nueva sensación.

Leonardo le sonrió.

Era el hombre más atractivo que ella había visto nunca y ahora se veía aún más delicioso, después de haber cumplido uno de sus sueños más salvajes.

Se inclinó hacia él una vez más y se tendió en sus brazos, sintiendo su calor y la caricia de sus dedos mientras jugaban a través de su cabello.

La cercanía de un hombre nunca había parecido como la sensación que tenía ahora.

El único hombre que había mostrado su afecto antes era su padre hasta ahora.

A pesar de su belleza hipnótica, se había privado de los placeres sexuales con los demás.

Sus relaciones con los hombres en el pasado se mantuvieron distantes, para evitar que sus tentaciones se hicieran cargo.

Nada más que un profundo beso a veces, sin sentimientos, que les daba la impresión de que ella era fría.

No era que ella odiara a los hombres o al sexo.

Era más profundo que eso.

Bridget lloró a su manera la repentina muerte del hombre al que amó tanto, como si creyera que ella no podía pertenecer a nadie más.

Luego, el amor propio y la vanidad se apoderaron de ella con los años.

En cierto modo, eso le dio confianza en sí misma para convertirse en quien era y hacer que el amor por sí misma y la música fuera más importante que buscar el amor en otra parte.

El encuentro casual con Leonardo fue una oportunidad para que ella conociera a un hombre al que admiraba desde hace muchos años y también un medio de vengar a su padre con el amigo de Leonardo, Miguel Ángel Andreotti, de quien ella creía que era el responsable del suicidio de su padre.

Y fue Jacky quien planearía el plan que los satisfaría a ambos.

Pero Bridget no estaba segura de que quisiera que Leonardo sufriera con todo esto.

Ella nunca lo había conocido hasta ahora y antes de eso, matar a un extraño parecía algo que ella podía aceptar en parte.

Ahora era diferente.

Andreotti era el único que ella quería muerto para satisfacer su dolor, y no Leonardo.

"Tengo el sobre en mi hotel si quieres que vuelva a Florencia", dijo.

Ella se inclinó a su lado y le pasó los dedos por el pecho, sumida en sus pensamientos.

"Y puedo llevárselo y volver a ti."

"¡Sí! Te quiero de vuelta".

Su respuesta ambiciosa lo hizo maravillarse.

"Dime, ¿qué hay en el sobre? Necesito saberlo. Ya no lo guardes como un misterio".

"Como dije, es un regalo de mi parte para Miguel Ángel. Nada especial".

"Eso es interesante, porque hablé con él y le hablé de ti. Le tomó algo de tiempo antes de que se diera cuenta de quién eras".

"¿Y?"

"Te recuerda. La hija de su colega, Christopher Baldwin, un brillante conductor de orquesta. Parece que respetaba a tu padre".

"¿Es eso así?"

"Y parece que tú no estás de acuerdo con eso".

Bridget tiró de la colcha de la cama y corrió al baño.

Eso parecía suficiente para convencer a Leonardo de que había algo, no solo misterioso en el sobre, sino en todo el asunto del que se había encontrado formando parte.

Había secretos y mentiras que rodeaban todo el asunto y, aunque él la respetaba y viajaría de vuelta a Inglaterra especialmente para encontrarse con ella, ahora se encontraba involucrado en algo que tal vez amenazaría su vida.

Él la siguió al baño.

Ella se sentó en el inodoro, pensativa, como si él no estuviera allí.

"Dime qué hay en el sobre y te prometo que lo mantendré entre nosotros. No saldrá de aquí".

Bridget lo miró y se dio cuenta de lo mal que iba todo en este plan.

"No debes abrirlo bajo ninguna circunstancia".

"¿Por qué? Tienes que decirme."

Él se arrodilló ante ella y le tomó la mano.

"¿Qué hay en el sobre?"

"Es una bomba".

"¿Una bomba? ¿Qué tipo de bomba?"

"Una carta bomba. Estallará tan pronto como Ángel la abra".

Leonardo se levantó y la miró con incredulidad.

La audacia de la sugerencia de que ella había planeado matar a su amigo era devastadora, y él iba a ser el transportista, el medio de entregarlo, su némesis.

"¿Planeaste matar a Ángel? ¿Pero por qué?"

"Por lo que le hizo a mi padre".

"Pero ¿qué hizo él que fue tan terrible? No lo entiendo".

"Le obligó a quitarse la vida".

"¿Cómo?"

Bridget explicó el momento en que ella estaba con su padre en París y Miguel Ángel y él tuvieron una discusión en la habitación del hotel.

"Mi padre escribió una composición que le enseñó. Ángel dijo que la música era similar a la que había escrito meses antes y acusó a mi padre de plagiarla. Discutieron durante mucho tiempo, casi peleando y luego Ángel le dijo: que si se atrevía a representarla en el concierto lo demandaría ".

"¿Y la composición pertenecía a Ángel?" Preguntó Leonardo.

"Sí. Mi padre la modificó, pero le hizo muchas modificaciones y mejoras. Tantas que realmente hizo su propio trabajo. Había muy poco de la partitura original que había escrito Ángel".

"¿Y entonces?"

"Dos días después, mi padre dirigió en un concierto al que Miguel Ángel no pudo asistir. Él añadió la pieza adicional y esa noche se tocó por primera vez. Mi padre le dijo a la audiencia que era su última composición, pero Miguel Ángel lo descubrió. Se convirtió en enemigo y meses después mi padre perdió todo lo que tenía. La corte estuvo de acuerdo con Ángel en que la composición era originalmente suya. Mi padre se arruinó ".

Los recuerdos volvieron a llegar amargos y Bridget comenzó a sollozar mientras Leonardo la abrazaba con fuerza.

"No sabía nada de eso. Ángel es un hombre muy reservado, nunca me lo mencionó en absoluto".

Mientras la sostenía, se dio cuenta que, si él hubiera entregado la carta bomba, él también sería una víctima.

No había duda de que él habría estado con Ángel cuando la hubiera abierto.

"Lo siento Leonardo".

"Sabes que esta bomba me hubiera herido o matado a mí también, ¿verdad?"

Bridget levantó la cabeza de su hombro.

Él le secó las lágrimas de sus ojos mientras ella lo miraba.

"Sí. Temía algo así, pero esa parte del plan no era la que participaba".

"¿Entonces no estás sola en esto?"

"No. Nunca podría idear un plan como este sola por mi cuenta".

"¿Entonces quién más está implicado?"

Ella tomó su mano y caminó con él de regreso al dormitorio.

Juntos se sentaron y ella le explicó lo del club nocturno.

"No es mi club. Esa era una manera de llevarte allí para que yo pudiera entregarte el sobre. Y esa fue la idea de alguien que te quería humillar al mismo tiempo".

Leonardo estaba cada vez más confundido.

Sabía que Bridget no era el tipo de persona que podía llegar tan lejos.

Él la dejó continuar;

"Hace tres meses conocí a Jacky, la camarera en el club nocturno. Se enteró de lo de mi padre y de Miguel Ángel y supo que estaba rencorosa por lo que había sucedido. También descubrió que estaba tratando de concertar una reunión conmigo para hablar sobre un contrato y también de lo interesada que estaba por ti. Bueno, más que interesada, ella sabía que sentía algo sobre ti "

Él sonrió y le acarició la cara con suavidad.

"¿Esta cosa es obviamente que me querías?"

"Sí. Desde la distancia, la primera vez que te vi, siempre quise conocerte. Me enamoré de ti, supongo, si eso es posible".

"En ese caso, debería enamorarme de cada mujer hermosa que veo".

"No, Leonardo, hablo en serio. Estaba enamorada de ti. En lo que a mí respecta, eras el hombre más guapo que jamás había visto. Y cuando descubrí que querías encontrarme, me sentí muy abrumada".

"¿Y Jacky? ¿En dónde encaja ella en todo esto?"

"Jacky vino a verme. Se acercó a mí como agente y me ofreció una asociación en un proyecto que estaba planeando en los Estados Unidos. La promesa de ser presentadora de televisión era irresistible y me di cuenta de que esto podría ser algo que podría necesitar en el futuro. Pero luego, a medida que pasaban las semanas, comencé a darme cuenta de que ella no tenía ningún proyecto y que su interés en mí era para su propio propósito. Quería usarme para contactarte ".

"¿Yo? ¿Se supone que debo conocerla?"

"No. Pero hay alguien que conociste, que los une a los dos".

"¿Quién?"

"Su hermana. Tú y ella vivieron juntos. Ella se ahogó en un accidente".

Leonardo se puso de pie rápidamente y de repente recordó esa trágica noche en Venecia hace más de diez años.

"¡Jane! Esto no puede estar pasando".

"Ni siquiera sabía el nombre de su hermana. Pero pasara lo que pasara, Leonardo, ella siente que eres responsable de su ahogamiento. Ella quiere hacértelo pagar".

"No entiendo. No tuve la culpa".

"No sé todas las razones por las que ella quería que murieras. Pero lo que sí sé es que tú y Miguel Ángel se hicieron amigos íntimos y Jacky me convenció de que yo también podría vengarme de alguien a quien crecí para odiar tanto. Pero luego, cuando me di cuenta de lo mucho que estabas involucrado en su plan, quería que todo esto terminara ".

"¿Entonces por qué lo hiciste? ¿Por qué no lo terminaste?"

"Porque Jacky es una persona muy poderosa y peligrosa, Leonardo. Me amenazó. Vi las cosas que podría hacerme si no estuviera de acuerdo con ella".

Ahora las cosas empezaban a estar más claras para él.

Jane era alguien de quien se había enamorado, pero ella ahora estaba en su pasado.

Esa noche siempre estaría en su memoria, ya que Jane cayó al agua en el puerto desde el yate.

Se había emborrachado rabiosa y ambos discutían.

Ella le dijo que iba a ir de la fiesta a su habitación en el hotel y que él no debía seguirlo.

Al día siguiente se encontró su cuerpo.

Leonardo se sentó a su lado en la cama otra vez y Bridget le rodeó los hombros con el brazo, esta vez para consolarlo de sus tristes recuerdos.

"¿Estabas enamorado de esta chica?"

"Sí. Ella lo era todo para mí. Estaba muy dolido cuando ocurrió el accidente, pero no tuve la culpa. Por supuesto, sabía que su familia tenía sus propias ideas. Durante meses me amenazaron, pero luego todo se detuvo. Comencé a reconstruir mi vida y mi carrera a partir de entonces. Y ahora esto".

"Créeme Leonardo, lo siento mucho".

"Espera. Si hubiera regresado a Florencia cuando debería haberlo hecho, entonces ..."

5.

Una niebla espesa se había asentado en el estuario en el frío de la mañana de otoño.

El remolcador se abrió paso hacia el centro del río y luego los motores se detuvieron.

Solo se podía escuchar el sonido de las pequeñas olas que golpeaban el casco cuando Leonardo se movió hacia la popa y miró por el costado.

En sus manos enguantadas estaba el sobre.

Lo miró por última vez y luego lo dejó caer en el agua fría, viéndolo flotar al principio para luego desaparecer de la vista cuando se hundió en el río turbio.

Bridget se colocó detrás de él y él volvió la cabeza hacia ella.

"Eso es. Así no podrá hacer ningún daño ahora", dijo.

Ella lo abrazó, apretando su brazo con fuerza y soltando un suspiro de alivio.

Le dio un golpecito en la mano y la besó suavemente en la cabeza.

Esta fue la única forma que se les ocurrió para deshacerse de la carta bomba.

Leonardo se dirigió al piloto para que regresara al puerto.

La niebla comenzó a levantarse ligeramente a medida que el aire de la mañana calentaba el ambiente y surgía el brillo anaranjado de la salida del sol.

Ambos se sentaron en el carrizo enrollado.

Bridget enlazó su brazo, acurrucándose no solo por sentir el calor sino también por afecto mientras el bote, con movimiento lento, continuaba su camino.

Él la miró y levantó su barbilla para que le mirara a los ojos.

"Me encantan tus ojos. Tienes unos maravillosos ojos azules que hablan por sí mismos", le dijo.

Ella le sonrió mientras él los miraba.

"Me estoy ahogando en ellos".

Ella se rió, casi con una risita, encontrando su comentario bastante divertido.

"Apuesto a que le dices eso a cada chica que conoces".

"No, no a todas. Sólo a aquellas cuyos ojos sean tan hermosos como los tuyos".

"Oh. ¿Y cuántos hermosos ojos como los míos has conocido hasta ahora?" ella preguntó.

"Innumerables. Pero realmente, los tuyas son los más hermosas hasta ahora".

"¿Y dices que hablan por sí mismos? ¿Y qué te están diciendo?"

"Me están diciendo que soy el hombre más afortunado del momento".

Su sonrisa se calmó un poco.

Ella había detectado el significado de lo que él quería decir y tenía razón al decirlo, porque tenía la suerte de estar donde ahora estaba en lugar de regresar a Florencia cuando lo había planeado originalmente.

"Sé que en lo más profundo de ti nunca me perdonarás por haber jugado contigo. Por haber mentido. No hice nada para evitar que regresaras a Florencia..."

Él presionó dos dedos contra sus labios para evitar que ella continuara.

"Silencio. Sí hiciste algo. Me obligaste a quedarme solo por ser tú quién eres. No podía irme sin verte otra vez".

Aun así, ella dudaba de que tuviera razón y se sentía tan culpable por dentro.

Para apaciguar el momento, ella sonrió de nuevo y se acercó para encontrarse con su beso.

"¿Alguna vez has estado en un chapoteo?"

Ella le preguntó, después de que separaron sus labios.

"¿Qué diablos es un chapoteo?"

"Bien, entonces es obvio que no has estado en uno".

"Pero tengo la sensación de que me vas a llevar a uno, ¿verdad?"

Bridget asintió su respuesta con una sonrisa maliciosa.

El piloto del remolcador aceptó su pago por el viaje privado y los dos amantes desembarcaron y se subieron al auto que les esperaba.

Entonces Bridget se dio cuenta de algo en lo que ella no había caído antes.

El conductor era el mismo hombre que los llevó al club nocturno y las palabras de Jacky resonaron en su cabeza.

"El conductor trabaja para mí".

"Entonces, ¿dónde ahora?" Preguntó Leonardo.

Bridget miró fijamente desde el asiento trasero al espejo retrovisor del conductor, mirándolo.

Ella se horrorizó cuando notó que el conductor se daba cuenta de eso.

"¿Bridget? ¿Estás bien? Pareces haber visto un fantasma o algo así".

"¡No! Estoy bien. Creo que deberíamos volver a mi apartamento por ahora".

"Eso está bien para mí. ¿Ese chapoteo vendrá más tarde, tal vez?"

"Por supuesto."

* * *

Durante el viaje a través del tráfico de la mañana, el conductor siguió mirándola de vez en cuando, utilizando su espejo, y Bridget pudo sentir sus miradas.

Leonardo no estaba al tanto de lo que ocurría, pero ahora tenía claro que se respiraba una sensación de peligro.

Jacky y los que trabajaban para ella eran capaces de hacer cualquier cosa.

"¿Conductor? Este no es el camino por el que vinimos". Dijo Leonardo

"Es un desvío, señor, para escapar del tráfico pesado", respondió el conductor.

"Lo siento, pero soy un extraño en esta ciudad, perdone mi intrusión".

"Eso está bien señor, no hay problema".

Bridget agarró con fuerza la mano de Leonardo.

"¿Qué pasa?" Preguntó Leonardo.

Ella solo lo miró con una expresión de preocupación, aferrándose aún más fuerte.

"¿Dime?"

"¿Tal vez la señora no se siente bien señor?" preguntó el conductor.

"Bridget, ¿te sientes enferma?"

De repente, el automóvil comenzó a acelerar a lo largo de una vía de acceso que daba a una autopista que salía de la ciudad.

"Solo tranquilícense y los llevaré a casa en poco tiempo", explicó el conductor.

Leonardo comenzó a darse cuenta de que algo estaba muy mal.

"Espera. ¿A dónde nos lleva?"

"A casa."

"Esta no es la manera de llegar al apartamento de la señorita Baldwin".

"¿Dije que era a su casa, señor?"

"¡De la vuelta ahora mismo!"

"Tranquilos", respondió el conductor, ahora mirando a Bridget de lleno en el espejo retrovisor con una sonrisa malévola en su rostro.

Cerró los ojos cuando sintió que el pánico la golpeaba, pero luchó contra eso, tenía que ser fuerte, una vez más había comprometido no solo la vida de Leonardo, sino también la suya.

"No te preocupes cariño, arreglaré esto en cuanto pueda". Leonardo le aseguró.

El viaje los llevó al campo y a una casa apartada por un tranquilo camino rural.

El auto giró hacia un camino de entrada a través de unas puertas abiertas y al pasar por ellas, las puertas se cerraron detrás de ellos automáticamente.

"¿De quién es esto?"

"Aquí es donde vive Jacky". Respondió Bridget.

* * *

La casa era grande, y se extendía a lo largo de un nivel.

El auto se detuvo en la entrada principal.

Había otros autos estacionados cerca de todo tipo, incluyendo un distintivo Lamborghini verde.

El conductor abrió las puertas y Leonardo saltó para enfrentarse a él, pero se encontró restringido por dos hombres con trajes oscuros que parecieron aparecer de la nada.

Cada uno lo sostuvo por uno de sus brazos.

"¡Déjenme ir!"

"Oh por favor, no hagamos un alboroto de todo esto".

Jacky salió de la casa por la puerta principal y caminó hacia Leonardo.

"Suéltenlo muchachos".

"La camarera. Así que nos volvemos a encontrar".

"Mire, yo soy tan camarera como usted cirujano neurológico. Pero no discutamos eso ahora. Bienvenido a mi humilde morada, señor Biscas, he estado esperando verle de nuevo".

Bridget se quedó sentada en el coche.

El conductor se apoyó en la puerta esperando a que ella saliera.

"¿Te vas a quedar ahí todo el día?" preguntó.

Ella lo miró y luego salió rápidamente, cerrando de golpe la puerta.

"Leonardo, lamento que esto haya tenido que pasar".

"No te preocupes, Bridget, parece que Jacky está muy decidida a tenerme como invitado". Miró a Jacky y le sonrió. "Espero que seamos bienvenidos".

"Por supuesto. Hay un pequeño asunto pendiente que atender. Por favor, vayan adentro".

Dentro la casa parecía enorme.

Siguieron a su anfitriona a un salón decorado con pinturas eróticas que colgaban de las paredes y una gran ventana que se extendía de pared a pared con vistas a un césped que parecía que duraría para siempre.

El sol de la mañana entraba en la habitación haciéndola aireada y luminosa.

"Por favor, siéntanse como en su casa. Thomas recogerá sus abrigos".

Thomas, el sirviente enano esperó a que Leonardo y Bridget se quitaran los abrigos y luego salió de la habitación con ellos colocados sobre un brazo.

Leonardo observó cómo el hombrecito luchaba un poco para poder cerrar la puerta detrás de él.

"Tienes una forma extraña de invitar a tus invitados".

"Lo siento por eso. Pero era la única forma en que sabía que podrías estar aquí. ¿Les importarían unos refrescos? ¿Quizás algo de desayuno?"

"No gracias, ya comimos". Bridget respondió.

"Tienes es una casa muy bonita, Jacky". Leonardo le dijo a ella.

"Sí, lo es. Es una pena que no hubieras podido venir a verla hace doce años". Jacky respondió.

"Ah, sí, fui invitado por Jane, pero tenía otras cosas que hacer".

"¿Por qué estamos aquí Jacky?" Preguntó Bridget, cortando la conversación para evitar más falsos equívocos que pudieran comenzar a resurgir.

"Bueno, pensé que un poco de diversión podría ser pertinente ".

"¿Lo que quieres decir es que quieres matarme?" Dijo Leonardo.

Ahora ya se había adaptado al hecho de que ambos habían sido secuestrados.

"¿Eso he dicho?" Preguntó Jacky. "Realmente tienes una opinión muy baja de mí, Leonardo. Estoy muy decepcionada contigo".

"Él sabe sobre la carta bomba, Jacky". Bridget explicó.

"Y le contaste todo sobre nuestro pequeño plan, supongo."

"Todo lo que necesitaba saber."

"Sabes, ese era un plan realmente bueno si puedo por mí misma. Y es una pena que nunca haya ocurrido. Y Bridget, fuiste el eslabón más débil".

"¿Así que pretendes divertirte con nosotros?" Preguntó Leonardo. "¿Como la otra noche?"

"Lo disfrutaste."

"Tal vez lo hice. Me encantan las caricias de una mujer hermosa, especialmente una que me hace acabar como tú. Y por la sensación de tus dedos, también pude detectar que tú también lo estabas disfrutando. Tu mano temblaba, tal vez con el deseo de que nuestro juego fuera más allá ".

Jacky sonrió y se acercó a Leonardo.

Ella pasó su dedo por su muslo y se detuvo en su ingle.

"Me encanta cuando hago que un hombre se corra. Me da una sensación de control y dominio sobre él".

"Al igual que alguien más que una vez conocí". Leonardo respondió sonriendo.

"Sí. Pero esa otra persona escribió en su diario sobre las cosas que le hiciste".

"Ella quería esas cosas. Seguramente puedes entender eso"

"¿De qué están hablando ustedes dos?" Pregunto Bridget. Se sentía excluida de la conversación y quería mantenerse enterada de la situación que se estaba desarrollando.

"Jane y Leonardo". Jacky respondió.

"¿Qué cosa?"

"Nuestros pequeños juegos privados". Leonardo respondió.

Él y Jacky estaban atrapados en un contacto visual como si se estuvieran comunicando con las mentes excluyendo a los demás, pero simplemente estaban encerrados en un estado de superación verbal, esperando el uno al otro para hacer otro comentario.

"Leí las últimas entradas de su diario". Explicó Jacky. "¿Cuál fue la discusión en la noche en que la empujaste por el costado del yate?"

"No la empujé. Salió de la fiesta para regresar a nuestra habitación de hotel en tierra. Luego, por alguna razón, se quedó, estaba ebria y se inclinó sobre la barandilla del yate".

"Eso es lo que quieres que creamos".

"Esa es la verdad. Y, de todos modos, lo que ella escribió en su diario será pura fantasía. Como tú, Jacky, ella tenía una imaginación muy desbordada".

"¡Esperen!" Bridget levantó la mano y los interrumpió. "¿Podemos llegar a un acuerdo aquí? ¿Olvidarse del pasado y de todo el plan? Vamos a dejar de darle vueltas".

"¿Es eso lo que quieres?" Jacky preguntó riendo.

"Sí. Todo fue una locura y además creo que esto se está yendo de las manos".

"Estoy de acuerdo." Leonardo respondió.

"Yo no. ¿Ya has perdonado a Ángel?"

"Fui estúpida". Bridget respondió. "Estaba exagerando. Y, además, aún nadie ha resultado herido".

"Ok, dejémoslo el asunto entonces. Pero aún necesito hacer algo".

Jacky tocó una pequeña campana de bronce cuatro veces y Thomas regresó.

"¿Si señora?"

Hizo una reverencia y se colocó junto a su señora.

La amplia sonrisa había reaparecido una vez más en su rostro, esa con lo que Bridget ya se había familiarizado.

Thomas tenía algo de travieso de manera que siempre le gustaba ser parte de los pequeños juegos de Jacky.

"¿Ya has preparado la habitación especial?"

"Está lista."

"Bien. Entonces creo que es hora de divertirse un poco. ¿Me seguirán los dos por favor?"

Leonardo miró a Bridget con una mirada inquisitiva.

Ella sacudió la cabeza en respuesta y ambos siguieron a su anfitriona y a su sirviente fuera de la habitación.

Ella los condujo por unas escaleras que conducían al sótano y luego a otra habitación.

Dentro, la habitación estaba decorada como si fuera un calabozo.

Había grilletes que colgaban de las paredes de fría piedra gris, una jaula lo suficientemente grande para dos personas y una mesa de operaciones de acero inoxidable equipada con estribos en un extremo.

A lo largo de una pared había casilleros con látigos, cadenas y varios otros instrumentos de dolor y placer.

"¡Dios mío! Debería haber esperado esto". Leonardo murmuró.

"¿Impresionado?" Preguntó Jacky sonriendo.

"¿Debería estarlo?"

Esto no era nada nuevo para Bridget.

De hecho, ella tenía la idea de llevar a Leonardo a un sitio algo similar, aunque tal vez no tan hostil o tan frío como este.

Era un lugar que sus amigas tenían para placer privado; para pegar y dar latigazos.

Pero esto era algo más desalentador, más escandaloso.

Ella, antes, solo había visto a otros entregarse a tales actos.

La proposición que le iba a hacer a él era experimentar un poco con esto. Nada más.

"A Jane le encantaba esta habitación. ¿Estás sorprendido de ello, Leonardo?" Preguntó Jacky.

"Realmente no."

"Cuando esta casa fue construida para nosotras, ella tenía esta habitación preparada para sus amigas. Entonces, por supuesto, te conoció, Leonardo". Su voz tendía a hacer eco en las paredes mientras hablaba, caminando alrededor de Leonardo como si lo sopesara. "Luego me enteré de las cosas que ella hacía aquí. Sus juegos. Pronto me di cuenta de que mi hermana era algo extraña en sus gustos sexuales.

Pensé que incluso podría probarlos yo misma a medida que crecía. Y así sentir el tipo de placer que disfrutaba".

"¿Y?" Preguntó Leonardo.

"Lo disfruté".

Jacky se sentó en un taburete y se acercó a uno de los grilletes.

Tomó el brazalete en su mano, sintiendo el frío metal entre sus dedos.

"Aprendí a disfrutar del placer que uno puede obtener del dolor y la tortura".

"¿Puede alguien explicar por qué estamos aquí?" Pregunto Bridget

"Por supuesto. Voy a dejar que ambos compartan ese placer". Jacky se acercó a Bridget y gentilmente le pasó la mano por el pelo. "¿No te prometí Bridget que te mostraría algunas cosas? Creo que ya estás preparada. ¿Seguro que tú y Leonardo han tenido relaciones sexuales juntos?"

"Sí." Bridget respondió.

Sus ojos miraron a Leonardo mientras éste se quedaba mirando a Jacky mientras le desataba los botones plateados, uno a uno, de la tira del hombro del vestido de Bridget.

"¿Qué estás haciendo?"

"Te estoy preparando".

Jacky continuó con la otra correa hasta que la parte delantera y trasera del vestido cayeron, exponiendo el sujetador de encaje negro de Bridget.

Y un suave tirón envió el vestido a los tobillos.

Leonardo siguió mirando mientras Bridget se quedaba en ropa interior.

Tanga negra y medias sostenidas por un liguero que complementa la suavidad de su piel rosada, casi impecable.

"¿Alguna vez te dije Bridget, me pones muy cachonda?" Preguntó Jacky.

Su voz era ahora casi un susurro mientras miraba fijamente a los ojos azules de Bridget, que contenían un cierto miedo dentro.

Bridget miró a Leonardo, preguntándose si él iba a detener esto cuando Jacky le aflojó el sostén por la parte delantera y dejó sus firmes pechos libres.

"Que maravillosos pechos tienes Bridget. Los amo".

Jacky tomó las tetas con suavidad y las sostuvo; pasando sus pulgares con delicadeza sobre cada pezón y viéndolos alcanzar su máxima erección.

Bridget cerró los ojos y sintió las frías manos de Jacky.

Nunca antes había sido tocada de esa manera por otra mujer y de alguna manera la sensación se sentía extraña pero agradable.

"No te preocupes, no voy a hacerte daño. Sólo juego contigo".

"¿Por qué estás haciendo esto?"

"Porque te lo prometí. ¿No te acuerdas?"

Jacky se volvió para mirar a Leonardo y se rió de él.

"¿Míralo? Le encanta mirar. Apuesto a que su polla está dura ahora, con ganas de sentirse aliviada. ¿Sabías que a Leonardo le encantaba mirar y al mismo tiempo que se lo chuparan?"

"Para esto ya." Respondió Leonardo.

"¿Por qué debería hacerlo?"

"Bridget, ¿me vas a decir ahora que no quieres que esto vaya más lejos?" preguntó.

"Y si digo que no?" Bridget respondió resignada. "¿Vas a hacer para evitar que suceda lo que deseas?"

6.

Bridget se colocó de frente a la lisa pared gris.

El brazalete metálico del grillete se cerró sobre su muñeca mientras Leonardo retrocedía, pasando su mano por sus nalgas desnudas.

"Te prometo que no te ataré fuerte", le dijo.

Ella confiaba en él, pero al mismo tiempo no podía creer lo lejos que iba con esto.

Cuando se volvió, Jacky le señaló con una pequeña pistola entre sus dedos.

"¡Espera! Ahora es tu turno, Leonardo. Desnúdate".

"No creo que haya necesidad de esa pistola".

"Bueno, me hace sentir más segura que me van a obedecer". Jacky respondió acariciando el gatillo.

"No confías en mí, ¿verdad, Jacky? Debes odiarme mucho.

"No te odio. Simplemente me gusta jugar contigo", sonrió.

Leonardo comenzó a quitarse la ropa lentamente mientras Jacky se sentaba en un taburete mirando.

Podía ver que ella no estaba acostumbrada a usar un arma por la forma en que la sostenía.

Aunque era pequeña y ligera, parecía pesada en su mano.

Ella lo vio desnudarse, disfrutando de ello.

Bridget intentó mirar hacia atrás, con los brazos un poco sueltos, y suspendidos de los grilletes.

"No me importa jugar tus juegos Jacky, pero esto es una locura", comentó ella.

"No realmente. No estás acostumbrada a la dominación, eso es todo".

"¿Una pistola? Eso no es dominación. Eso es locura".

"Solo llamémoslo un juguete nuevo. Y más miedo, hace que el juego sea más interesante, ¿no crees?"

Cuando Leonardo se quedó desnudo, Jacky se puso de pie y se acercó a él.

Apuntó el arma a su pecho y luego la deslizó hacia abajo sobre su ombligo y luego a la parte superior de su virilidad, saltando y amenazando.

"Ahora entiendo por qué le gustabas tanto a Jane", le dijo ella. "Muy interesante es lo que tienes ahí abajo."

"Estoy tan contento de que te guste". Leonardo sonrió.

Tenía miedo en lo profundo de sí mismo, pero lo quería ocultar, para no demostrarle a Jacky que tenía absolutamente todo el control.

Pero ella era experta en lo que respecta al miedo y cómo los hombres se esfuerzan por ser valientes bajo tal presión.

Para ella eso era parte del juego.

"¿Ves ese látigo en el gabinete de allí?"

Leonardo miró y vio un látigo de cuero rojo que colgaba del asa de un gancho en el armario abierto.

Tenía muchas colas que se arrastraban desde casi un metro de largo. "Sácalo."

Caminó hacia el gabinete y lo sacó, y pasando las colas entre sus dedos se dio cuenta de lo que significaba.

"Se siente bien ¿no es así, Leonardo?" Preguntó Jacky.

"Sí, lo hace".

"A Jane le encantaba, ¿verdad?"

"Ella lo quería. Me rogó que lo hiciera".

"No. Ella te rogó que te detuvieras, pero no lo hiciste esa noche en particular, ¿verdad? En lugar de eso, seguiste golpeándola y golpeándola hasta que su espalda comenzó a sangrar. La llevaste más allá de los límites".

"Eso no es cierto, Jacky", respondió él, volviéndose hacia ella y notando la angustia en sus ojos.

"Ella quería más y más. Me obligó a hacerlo. Dijo que me dejaría si no lo hacía. La amaba tanto que no podía soportar que eso sucediera. Así que seguí hasta que se desmayó".

"Eso no es lo que pone en su última entrada".

"Te lo dije. Ella no escribió nada más que fantasías en su diario".

"¿Entonces sobre qué discutieron ustedes dos?" Jacky se paró cerca de él, exigiendo.

"No se trataba de eso. Se trataba de sus nuevas ideas y que yo no podía aceptar".

"¿Cuáles ideas?"

"Ella quería compartirme con otro hombre aparte de mí. Y yo no quería compartirla con nadie más".

"Sigue..."

Leonardo comenzó a contar su historia:

"Llegamos a la fiesta en el yate y comenzamos a mezclarnos con los otros invitados. El vestido que llevaba escondía esos terribles golpes en su espalda, pero aún se notaba un rastro de sangre filtrándose a través de la ropa. Le dije que la fiesta había sido una mala idea y que deberíamos volver al hotel. Ella no estuvo de acuerdo y comenzó a hablar con este hombre que habíamos conocido en el festival unos días antes. Los observé a ambos. Encontraron un lugar tranquilo lejos de la multitud y él la comenzó a tocar íntimamente. Notó las manchas oscuras de sangre a través de la ropa y obviamente le preguntó sobre eso. Entonces los vi mirarme y como ambos sonreían, susurrándose. Me imaginaba de qué estaban hablando ".

Bridget escuchaba atentamente.

Y ahora también sabía lo que Jacky había planeado para ella y Leonardo en esa mazmorra.

Leonardo continuó:

"Poco a poco, y a medida que avanzaba la noche, Jane se emborrachó. El hombre seguía con ella. Luego volvió a mí y me dijo que lo había invitado a regresar a nuestra habitación de hotel más tarde para divertirse. Esta vez ella quería algo más que dolor. Ella quería que los dos la folláramos a la vez".

Jacky lo miró.

Su rostro estaba triste por los recuerdos.

"¿Y obviamente le dijiste que no?"

"Sí. Le dije que la idea era una locura y ella dijo que se iba. Sabía que, si se iba sola, podría vigilar a este hombre. Asegurarme de que no la siguiera al menos".

"Entonces, ¿cuándo ella se fue ...?"

"Nadie sabía que todavía estaba allí, caminando por la cubierta esperando su taxi. Fue entonces cuando sucedió y nadie lo supo hasta que regresé al hotel y encontré nuestra habitación vacía. Pensé que al final se había encontrado con la otra persona, así que no pensé en nada más lejos. Entonces en la mañana ... "

"Todavía no te creo".

Leonardo respiró hondo y la miró.

"No esperaba que lo hicieras".

"Entonces, es hora de que vuelvas a vivir esa noche. Los momentos en la habitación del hotel antes de la fiesta". Jacky se volvió para mirar a Bridget. "Ahí está. La mujer que amas tanto para herir y torturar".

"¡No! Bridget es diferente".

"¿En serio? Eso es aún mejor. Puedo disfrutar viendo como la castigas".

Bridget comenzó a luchar contra los grilletes, pero las esposas estaban cerradas alrededor de sus muñecas.

"¡No puedes hacer que haga esto, Jacky!" ella gritó. "Por favor, no le obligues a hacer esto, por favor".

Sus gritos resonaron con desesperación alrededor de las paredes de la mazmorra.

"No lo voy a hacer." Leonardo respondió.

Jacky lo miró y luego apuntó el arma hacia su cara.

"Sí, lo harás. Es un regalo para ambos. Es un regalo para sus vidas".

"¿Pretendes matarnos a ambos si me niego?"

"No tendría problema con eso."

"¿Y hasta dónde quieres que vaya, Jacky?"

"Hasta el final".

Leonardo se acercó a la pared donde apresó a Bridget.

Podía oírla llorar, llena de miedo al dolor que ella ya anticipaba y el horror de que era Leonardo quien se lo iba a administrar.

Entonces se dio, cuenta dentro de sí misma, de que tal vez se lo merecía por planear matarlo a él y a Ángel, y luego su llanto se detuvo.

"Te amo, Leonardo", murmuró ella, con el rostro contra la pared, manchándolo con sus lágrimas. "Y te perdonaré".

"No puedo lastimarte de forma intencionada, Bridget. ¿Comprendes eso?"

"Sí. Pero tal vez lo merezco. Es por eso de que te perdonaré".

"No. No te lo mereces". Sus dedos trazaron la línea de su espina dorsal. "Esto no es cosa tuya, pero yo soy débil". Se volvió y miró a Jacky, sentada y aun apuntándole con el arma, con una sonrisa en su rostro. "Débil porque me veo obligado a hacerlo".

Retrocedió, a medio camino entre Jacky y Bridget, con el látigo en la mano.

Luego se colocó a un lado y sintió su peso, estimando el swing que necesitaría para dar el primer golpe.

Miró hacia la puerta y levantó el brazo lentamente.

"Veo que ya eres un experto con el látigo. Muy bien, esto podría ser divertido". Jacky comentó.

Había una expresión de concentración en el rostro de él y miró por el rabillo del ojo hacia Jacky.

El látigo voló en el aire.

No contra Bridget, sino hacia Jacky.

Las colas se envolvieron instantáneamente alrededor de su cuello en un agarre enrollado, tomándola por sorpresa.

La pistola cayó al suelo y Leonardo se agachó para recogerla mientras Jacky se caía del taburete.

"¡Bastardo!"

Jacky se quedó sin aliento.

Las colas del látigo se habían enroscado tan fuerte que casi le restringían su respiración.

Leonardo se incorporó y apuntó hacia abajo, hacía ella, sujetando el arma con ambas manos.

"¿Cómo se siente esto ahora?" preguntó.

"¡Vete a la mierda!" Ella respondió, desenredando las colas.

Le habían dejado marcas rojas alrededor de su cuello, adolorido, pero sin un signo de piel rasguñada.

Ella se sentó y tiró el látigo lejos de ella.

"No, Jacky. Tal vez sea yo quien debería follarte ahora. La puerta está cerrada y nadie puede oír nada afuera o encima de nosotros".

"¡Leonardo! ¡Por favor no!" Bridget gritó.

"Nunca saldrás vivo". Advirtió Jacky. "Haz lo que quieras, pero será lo último. Para ambos."

Dio un paso atrás, hacia Bridget, y le abrió una de las esposas para liberarla, para que ella pudiera quitarse la otra por sí misma.

"Hazme un favor." Bridget se frotó las muñecas y lo miró. "Sube las escaleras y pídele a Thomas que se una a nosotros".

"¿No, por qué debería?"

"Necesitamos salir de aquí".

"No vas a hacerle daño, ¿verdad?"

"Intentaré no hacerlo".

Bridget corrió hacia la puerta y la abrió.

Estaba totalmente desnuda, pero ya no le importaba.

Corrió por las escaleras y encontró la puerta del salón abierta.

"¡Thomas!" ella llamó.

Él estaba esperando.

Una pistola en su mano apuntando hacia ella y esa sonrisa distintiva en su rostro.

Ella se dio cuenta de la televisión y en ella se mostraba la visión de la mazmorra.

Thomas había estado observándolo todo en la comodidad de un sillón.

7.

Thomas colocó el arma en la mesa baja y miró a Bridget de pie ante él.

"No se preocupe, señorita Bridget, no está cargada", dijo.

Sus ojos exploraban cada centímetro de su cuerpo desnudo con admiración.

"¿Nos estabas mirando?"

"Sí. Y grabando. A la señora le gusta grabar todo. Hay cámaras ocultas por todas partes en esta casa".

"Tienes que ayudarnos a salir de aquí".

"Lo siento señorita Bridget, pero usted será la única que se va a ir".

"¿Qué quieres decir?"

Thomas sonrió y sus ojos se posaron en alguien detrás de ella.

Se volvió, pero solo para sentir un dolor agudo en su nalga que parecía arder como el fuego y la cara de uno de los guardaespaldas mirando desde atrás con sus penetrantes ojos azules.

"Qué..."

"Dulces sueños señorita Bridget ... dulces sueños".

La voz de Thomas pareció hacer eco en la habitación, alrededor de su cabeza a la vez que la cara del guardaespaldas se contorsionaba en su campo de visión.

Una sensación de calma se apoderó de ella y, de repente, todo a su alrededor pareció fundirse en una niebla gris y en un agradable silencio.

* * *

La limusina se abrió paso lentamente hacia el callejón trasero.

La oscuridad de la noche obligaba al conductor a iluminar el camino con los grandes faros encendidos y luego se detuvo al llegar al final.

Dos figuras corpulentas emergieron de la parte de atrás del auto llevando un cuerpo inerte que luego metieron suavemente en un montón de bolsas plásticas de basura.

El cuerpo se hundió en ellos, casi desapareciendo cuando las bolsas se cerraron alrededor de él, bajo su peso.

Las figuras retrocedieron y, tan silenciosamente como habían salido, volvieron al coche.

Este retrocedió por el callejón y se alejó de allí.

***

El alba extendió su luz por toda la ciudad.

El recolector de basura andaba a lo largo del callejón verificando las bolsas que necesitaban ser trasladadas al vehículo que esperaba al inicio del callejón, en la calle.

Se acercó a las bolsas de basura y las pateó, comprobando su peso, pero un brazo delgado cayó inerte hacia él.

"¡Santa Mierda!" exclamó.

Mirando más de cerca descubrió que el brazo pertenecía a una mujer.

Llevaba puesto un abrigo y su largo cabello castaño cubría la mayor parte de su cara.

Con su mano enguantada, apartó el cabello y la miró.

"¡Ay chicos! ¡Ayúdenme!" él gritó.

***

Bridget abrió los ojos.

El verde pálido del techo fue lo primero que vio cuando se le enfocó la vista, seguido del sonido de un pitido constante que debía de ser el latido de su corazón.

Se encontró recostada sobre un colchón y no sintió pena inmediata, pero había un sentimiento interno de miedo e inconsciencia que comenzó a salir, cuando el resto de sus sentidos comenzaron a despertar.

"¿Dónde estoy? Que alguien me ayude".

"Está bien."

Era la voz de una persona que se acercaba a ella y luego vio la cara de alguien que la miraba con una sonrisa.

La forma familiar de la gorra blanca de las enfermeras le dio cierta seguridad.

"Mantén la calma, cariño, todo está bien".

"¿Dónde estoy?"

"Estás a salvo. Intenta mantener la calma, todo está bien". La enfermera rozó sus dedos sobre la cara de Bridget. "Estás en el Hospital de la ciudad y todo estará bien".

"¿Leonardo? ¿Dónde está Leonardo?"

"Enviaré por el doctor. Por favor, mantén la calma".

* * *

Bridget yacía en la cama del hospital mirando al médico.

Su apariencia madura pero hermosa la hacía sentir segura al menos cuando su estetoscopio le tocaba el pecho.

La enfermera estaba detrás de él enviándole una sonrisa tranquilizadora, diciéndole que todo estaba bien y en orden.

Miraba sus pechos firmes y sus pezones erectos mientras se recostaba, por lo que cerró lentamente su ropa para taparlos.

"Estará bien señorita. Todo parece estar normal".

"Pero todavía no puedo recordar cómo llegué aquí", le dijo ella.

"Todo volverá a usted con el tiempo. Todo lo que necesita hacer ahora es descansar".

"Recuerdo el nombre de una persona, eso es todo. Ni siquiera sé mi propio nombre".

"¿El nombre de esa persona sería Leonardo?"

"Sí. Pero no sé exactamente quién es. Todo lo que puedo ver en mi mente es su cara y su nombre, pero nada más".

"Como dije ..." él puso su mano suavemente sobre la de ella, "... todo eso volverá a usted. Solo descanse por ahora y dese tiempo".

El doctor le sonrió y se levantó.

Su alto cuerpo se alzaba sobre ella e incluso el de la pequeña enfermera que estaba a su lado.

"Verificamos otras cosas que podrían haberle pasado. Al menos, parece que no le agredieron sexualmente, lo que debe ser un alivio para usted".

"Sí. Pero recordar cómo llegué aquí, en primer lugar, también me ayudaría".

"Bueno, creo que yo podría arrojar algo de luz sobre eso", continuó la enfermera. "Aunque estaba casi desnuda cuando te encontraron en el callejón, el abrigo que llevaba era una etiqueta de diseñador muy costosa. Y tenía su nombre cosido por dentro".

"¿Mi nombre?"

"No recuerdo si quién se supone que es Bridget Baldwin se parece a usted, pero ese era el nombre dentro del abrigo. ¿Una supermodelo, si no recuerdo mal?"

La mención del nombre Bridget le dio una sensación de calidez en lo más profundo.

A pesar de que era su propio nombre, su memoria no lo reconoció con tal, a pesar de que su sonido parecía desencadenar algo en su conciencia más profunda.

"Usted tiene un visitante, señorita", explicó la enfermera. "El inspector de policía Robert Harris. Pero le sugiero que solo hable con él si se siente lo suficientemente bien".

"Exactamente", respondió el médico. "Necesita descansar. Puede hablar con usted más tarde".

"No." Bridget se acomodó para sentarse. "Quiero verlo ahora".

"OK. Pero pídale que se vaya si le resulta demasiado estresante, ¿de acuerdo?"

"No se preocupe, lo haré".

Los médicos se fueron y, por un breve momento, Bridget comenzó a ver imágenes deslizándose por su mente.

Se estaban despertando recuerdos dentro de ella como ver la cara de Leonardo mirándola mientras él introducía su miembro dentro de ella.

Ella lo sintió como si fuera tan real.

Luego las imágenes se desvanecieron otra vez tan rápido como llegaron cuando la puerta de su habitación se abrió.

"¡Oh, Dios mío! No puedo creerlo", dijo el hombre de mediana edad mientras se quedaba mirándola. "Soy Bobby Harris". Sostuvo su placa confirmando quién era él, aunque demasiado lejos para que ella lo viera claramente. "Usted es la señorita Baldwin. Lo sabía".

Harris acercó una silla y se sentó junto a la cama.

Bridget lo miró, jugando con sus palabras en su mente; "Usted es la señorita Baldwin".

Su rostro se iluminó con una sonrisa cuando sacó una libreta del bolsillo de su chaqueta y hojeó sus páginas.

"¿Perdón? ¿Dijo que yo era ...?"

"Así es. Es usted Bridget Baldwin. La supermodelo".

"¿De verdad?"

"Puede apostar por ello. Sé que está teniendo algunos problemas en este momento con su memoria, pero el médico dijo que se recuperaría gradualmente. Así que pensé que venir aquí para presentarme era lo correcto. Espero que no le moleste, señorita "

"No, no me molesta".

La noticia de su identidad la aturdió.

Ella comenzó a asumir con sus pensamientos de quién era ella realmente.

Y pensar cómo una supermodelo como era ella, llevando solo un abrigo y nada más, podría haber sido tirada en un callejón.

"Solo para recapitular. ¿Recuerda algo?" preguntó.

"Sí. Sólo una persona".

"¿Y quién podría ser esa persona si puedo preguntar?"

"Leonardo".

"¿Un hombre? ¿Recuerda a un hombre de nombre Leonardo? ¿Algo más?"

"Eso es. Nada más".

El inspector la miró.

Su ropa se había abierto ligeramente, al incorporarse de la cama, revelando la forma curvilínea de sus pechos y su mirada se posó en ellos.

"¿No sabe quién es ese hombre?"

"No. Lo único que sé es su nombre y puedo ver su cara mirándome en mi mente".

"¿Descripción?"

"Es guapo ...".

Por un breve momento, los recuerdos de él haciéndole el amor le regresaron.

"...él es..."

"¿Sí?" preguntó el inspector.

Sus ojos miraron más de cerca al vestido abierto.

Ahora podía ver el ligero indicio de su pezón, pero en seguida se dio cuenta de que ella lo miraba mientras se estaba recuperando de su espontáneo y excitante recuerdo.

"Creo que él es alguien que conozco muy bien".

"Ya veo." Hojeó su cuaderno y luego encontró lo que estaba buscando. "¿Sería esta persona Leonardo Biscas?"

"Tal vez. No estoy segura. ¿Quién es él?"

"Está bien, señorita Bridget. Lo dejaré así por ahora".

"Si recuerdo más se lo haré saber inspector".

"Bien. ¿Una última cosa antes de que le deje descansar? ¿Recuerda a alguien llamado Miguel Ángel Andreotti?"

"No, lo siento, no recuerdo haber oído nunca ese nombre". Respondió ella.

"Está bien."

El inspector se levantó, le puso la mano en el hombro y le dio las gracias por la breve entrevista.

Desde donde estaba, logró ver más de sus pechos debajo de la bata parcialmente abierta.

Él sonrió y le comentó que volvería pronto.

Pero antes de que cerrara la puerta detrás de él, ella le preguntó:

"¿No puede darme algo de información sobre mí? ¡Necesito saber quién soy!"

"Lo siento, señorita Baldwin. La doctora dijo que se recuperaría mejor si no se le sorprendiera demasiado. No quiero alterar las cosas. Volveré a verla muy pronto".

8.

La rápida visita del inspector dejó a Bridget pensando intensamente.

Todavía no había nada a lo que se pudiera agarrar para recuperar su memoria perdida ese último día.

Y por la noche, mientras dormía, solo podía soñar que Leonardo le hacia el amor una y otra vez.

La enfermera entró en la habitación y la observó gemir y retorcerse mientras dormía, reviviendo cada momento del evento claramente en su mente.

La enfermera cepilló suavemente el cabello de Bridget por lo que comenzó a calmarse.

Su lengua lamía sus labios como si buscara besar y acariciar los labios de su amante del sueño.

Luego se quedó quieta una vez más, susurrando el nombre de "Leonardo" repetidamente hasta que se desvaneció en un sueño silencioso.

Al día siguiente, Bridget tomó un relajante baño de agua y jabón, mientras se lavaba con un guante de baño.

De repente, recordó algo como si viniera de la nada.

"¿Leonardo?" susurró para sí misma.

Otras cosas comenzaron a volver a ella en rápida sucesión; Jacky y la casa, el calabozo, su propio apartamento.

Ella salió de la bañera rápidamente agarrando la bata.

"¡Enfermera!"

Se cubrió con la bata y entró en su habitación privada llena de pánico.

La enfermera se quedó mirándola y la tomó por los brazos con suavidad.

"¿Bridget? ¿Qué pasa?"

"Lo recordé todo. ¡Tengo que irme de aquí, ahora mismo!"

"No hay manera de que puedas. Todavía necesitas descansar".

"¡No! Debo irme ahora. ¡Leonardo está en peligro! ¡Coge mi ropa!"

"Su agente no las ha traído todavía. No hasta esta tarde".

"¡Entonces, búscame otra! ¡Necesito ropa ahora mismo!"

El médico entró y corrió hacia Bridget.

Juntos, él y la enfermera la sujetaron y la acomodaron en la cama.

"Señorita Baldwin, por favor trate de calmarse. Esto no es bueno para usted".

"Pero necesito salir de aquí. Leonardo está en peligro, necesita de mi ayuda".

"No, en este momento, no puede ayudar. Necesita relajarse".

El médico hizo un gesto a la enfermera para que buscara en una bandeja que había junto a la cama.

"Voy a darle algo que le ayudará a relajarse".

"No, por favor, tengo que irme ahora. Por favor, le ruego que me deje ir".

La enfermera purgó la hipodérmica mientras el doctor sostenía los brazos de Bridget.

Ella vio como la amenazadora aguja se acercaba a ella y lloró.

"¡No! ¡No, por favor no me hagan esto!"

Luego un dolor agudo la golpeó en la parte superior del brazo cuando la enfermera le administró el medicamento.

En cuestión de segundos, Bridget se había calmado.

Su cuerpo cansado se echó sobre la cama mientras el médico y la enfermera la miraban.

* * *

Las puertas del ascensor se cerraron con un silbido casi silencioso.

El inspector Bobby se encontraba dentro, mientras el ascensor subía, escuchando música de jazz suave por los altavoces y mirando las fotografías en las tres paredes del mismo de las modelos que habían pasado por la agencia.

Vio una de Bridget y sonrió para sí mismo.

Entonces sonó un timbre y se abrieron las puertas en la recepción.

Un viaje que había llevado al decimotercer piso.

"Buenas tardes, Calvin Arte Creativo, ¿puedo ayudarlo?" preguntó la recepcionista.

Ella casi cantó las palabras como si fuera una canción que había aprendido.

Bobby sacó su placa y miró a la pequeña rubia.

Ella le sonrió con los labios sonrojados.

"Estoy aquí para ver al señor Calvin. Inspector Harris, policía de la ciudad".

"Gracias, tome asiento señor".

Asintió educadamente y se sentó en uno de los muchos asientos vacíos y miró los retratos de varios tamaños de modelos que estaban en las paredes, buscando alguno más de Bridget.

La recepcionista lo miraba tímidamente, tratando de no llamar demasiado la atención, pero Bobby ya había notado sus finas y suaves piernas debajo del escritorio que desaparecían más allá del dobladillo de una falda ajustada.

Intentó adivinar su edad, pero era difícil ya que el maquillaje que llevaba daba una falsa impresión.

Se oyó un zumbido.

"El señor Calvin le verá ahora, puede pasar".

Bobby se puso de pie y se dirigió a la puerta, tocando dos veces antes de entrar.

La recepcionista miraba atentamente y ambos intercambiaron sonrisas.

Burt Calvin, sentado en su escritorio, conversaba con alguien por teléfono.

El paisaje urbano detrás de él a través de la gran ventana de la oficina daba una indicación de qué tan altos estaban.

Calvin hizo un gesto al inspector para que se sentara agitando el dedo.

"No, no puedo aceptar eso, y sabes las razones de por qué".

Calvin habló arrogantemente por teléfono.

"No tengo la costumbre de tirar millones de dólares por el desagüe. ¡Resuélvalo!"

Colgó y miró a Bobby, luego, se puso de pie y le ofreció la mano por encima del escritorio.

Calvin era un hombre alto, al menos más alto que Bobby por varios centímetros.

"Bienvenido inspector Harris". Bobby le estrechó la mano, sintiendo su fuerte agarre. "¿Qué puedo hacer por usted? ¿Puedo ofrecerle algo de beber?"

"No, estoy bien. Acabo de almorzar. Se trata de una de sus modelos, la señorita Baldwin".

"Oh sí, Bridget. No puedo entender lo que pasó allí. La situación es tan misteriosa, ¿no cree?"

"Bastante." Bobby respondió. "Puede entender por qué la policía está investigando, imagino. No todos los días se descubre que una supermodelo famosa es descubierta tirada en un callejón trasero". Calvin le ofreció un cigarrillo de una caja de plata. "No, gracias, estoy tratando de dejarlo".

"Entonces, ¿cómo puedo ayudarle?"

"¿Conoce a la señorita Baldwin muy bien, creo? ¿No solo como su agente?"

"Sí. Nos conocemos desde hace algún tiempo. Pienso mucho en ella. Siempre he cuidado de sus necesidades lo mejor que he podido". Calvin respondió.

"¿Desde hace mucho tiempo?"

"Sí. Nos conocimos justo después de la muerte de su padre. En internet, lo crea o no. Era propietario de uno de los sitios que visitaba con frecuencia y nos hicimos muy buenos amigos".

"Eso ya lo descubrí. ¿La descubriste como modelo allí también?"

"De hecho. Pero eso es irrelevante en este caso. ¿En qué puedo ayudarle?"

Bobby sacó su cuaderno de anotaciones y hojeó las páginas.

"¿Cuándo fue la última vez que la vio?" Dio la impresión de que sus notas estaban desordenadas mientras buscaba entre ellas. "Oh, sí, fue hace cinco días, ¿no? Tengo una nota aquí que dice que ustedes dos tuvieron una discusión".

"Lo siento, no recuerdo haber tenido una discusión con ella. ¿Dónde exactamente?"

"En un club nocturno, Los Duendes. Lo investigué esta mañana. ¿Son ustedes dos todavía muy cercanos?"

"¿Cercanos? Somos amigos, sí. Eso no fue una discusión, Inspector. Simplemente no estábamos de acuerdo, como parece que siempre lo estamos. Ella no siguió mis consejos de no conocer a cierta persona. Tengo que cuidar sus intereses, así como su bienestar ".

"Por supuesto." Bobby sonrió. "¿Esta persona era un ejecutivo de publicidad de Italia? ¿Un tal señor Leonardo Biscas?"

"Sí. No es un buen movimiento para su carrera, en mi opinión. Pero ella idolatra a ese hombre y puede que haya habido algún interés personal en esa reunión".

"¿Alguna vez conociste a Biscas?"

"En algunas ocasiones, sí. De hecho, hace muchos años una de mis modelos tuvo un desafortunado accidente. Ella murió. Leonardo Biscas estaba saliendo con ella en ese momento y estuvo implicado con su muerte". Calvin señaló un retrato en la pared de una chica de cabello oscuro. Bobby levantó la vista y miró la imagen. "Ella fue un activo importante para nosotros. Fue una triste y gran pérdida como imagino entiende".

"Muy bien. Quiero decir que la chica era muy bonita. ¿Sería ella Jane Carrington?"

"Sí. ¿Se acuerda de ella?"

"No." Bobby respondió. "Por otra parte, todas me parecen iguales. Nunca he seguido la industria de la moda hasta ahora. Recojo todas estas revistas y solo parecen maniquíes vivos". Bobby tosió, notando que Calvin no estaba muy impresionado por su comentario.

"¿Puedo preguntarle algo, inspector? ¿Tiene alguna idea de cómo se metió en ese callejón?" Preguntó Calvin, permitiendo un cambio de tema.

"Todavía no. Pero lo haré eventualmente".

"¿Cree que Leonardo Biscas tuvo algo que ver con eso?"

"Interesante que lo mencione. ¿Cree que podría haberlo tenido?"

"¿Por qué debería?"

"Pensé que podría tener alguna razón para ..."

"No. Era solo una línea de pensamiento". Calvin respondió rápidamente.

Bobby asintió y sonrió.

"Desde aquí tiene una bonita vista de las montañas. Me encanta la vista. ¿Escogió este espacio de oficina deliberadamente debido a la vista?"

"En realidad no. ¿Hay algo más en lo que pueda ayudarle?"

"¿Ha recogido a la señorita Baldwin esta noche en el hospital?"

"Sí. Está mejor conmigo y he hecho arreglos para que ella descanse en mi casa. El doctor me dijo que está recuperando su memoria. Desafortunadamente, está un poco frustrada en este momento. Confusa. Su imaginación también está jugando malas pasadas con ella, pero me aseguraron que es lo que suele suceder cuando las personas superan la amnesia ".

"Por supuesto. El pentathol de sodio tiene ese efecto".

"Sí lo hace".

"Bien. Le agradezco su tiempo, señor Calvin."

Bobby se puso de pie y se inclinó para estrecharle la mano de nuevo.

Calvin permaneció sentado y lo apretó con más fuerza esta vez.

"Me pondré en contacto con usted pronto."

"Siempre dispuesto a ayudar a arrojar algo de luz sobre esta situación inusual".

"Eso espero, señor Calvin. Es una situación muy inusual".

* * *

Bobby regresó a su oficina en la sede principal de la policía de la ciudad.

Un escritorio, una silla, dos archivadores y una terminal de computadora era todo lo que tenía en un cubículo dividido.

Deseaba fumar un cigarrillo, deseó mientras miraba un paquete encima de uno de los gabinetes, pero una voz le dijo: "¡No te atrevas!"

Bobby se volvió y vio a su compañero, un joven oficial de inteligencia asignado a él durante los últimos seis meses, con la oportunidad de demostrar su valía como investigador.

"¡Joder! Ya han pasado casi seis horas". Bobby respondió.

"Tu esposa no me lo agradecerá si te dejo hacerlo" El joven oficial añadió. "Además, dices que fueron seis horas. Pero quién sabe, podrías haber fumado un paquete entero mientras estabas fuera".

"Carl, tienes que aprender a confiar en mí. ¿Encontraste algo?"

Carl empujó suavemente a su jefe hacia un lado y tomó el teclado de la computadora.

"Te va a encantar esto. Incluso por el contenido del porno, si no es por otra cosa".

"Tienes una buena opinión de mí, me parece."

"Sí, pero pareces un viejo verde disfrazado de policía".

Bobby agitó suavemente la oreja de su compañero más joven en respuesta.

Luego la pantalla cobró vida con imágenes de Bridget Baldwin.

"Ahí lo tienes. Este sitio es antiguo. No se ha actualizado durante al menos tres años".

Las imágenes eran de Bridget.

Ella posando en varias tomas de desnudos, casi de naturaleza pornográfica, mostrando claramente sus hermosos atributos íntimos.

Bobby se sentó en una silla chirriante y fue pasando las fotos.

"¿Esto es lo que ella hizo antes de hacerse famosa?"

"Pues no está nada mal. Buena apariencia." Carl respondió. "Esa es una forma en que las modelos llegan a la cima".

"Me pregunto por qué ella no las quitó"

"El sitio es propiedad de Calvin Arte Creativo. Es un sitio muerto en lo que respecta a las novedades, pero su dirección sigue activa como se puede ver".

"¿Y un sitio de acceso gratuito también?" Pregunto Bobby

"Sí. Estaba vinculado a un sitio de chat que ahora está descontinuado".

"¡Interesante! Carl, tómate el resto del día libre".

"¿Para qué no pueda verte sacar un cigarrillo, quieres decir?"

9.

Bridget mordió un pedazo de pan y miró a los demás alrededor de la mesa.

Calvin estaba sentado a la cabecera de la mesa, representando su papel de patriarca de la familia con su esposa, Gaby, a su lado.

El golpe del acero contra la porcelana de los platos era el único sonido que se oía cuando la familia comía en absoluto silencio.

Las dos hijas adolescentes de Calvin se miraron la una a la otra y luego a Bridget como si estuvieran guardando un secreto entre ellas.

Se sentía fuera de lugar, invitada a permanecer en contra de sus deseos y obligándose a cumplir esto.

Ya que, en su mente, sabía que había otro lugar en el que necesitaba estar.

"¿Todo bien, Bridget?" Preguntó Calvin, tomando un sorbo de vino.

"Sí, gracias. No tengo mucha hambre". Respondió con una sonrisa.

Las dos chicas se rieron y luego se quedaron en silencio mientras Calvin les daba una mirada severa.

"Creo que necesito acostarme".

"¿Cansada?" preguntó.

"Has pasado por mucho". Gaby comentó. "Debes estar agotada. Pero puedes descansar mientras estés aquí por unos días. Esto es muy tranquilo".

"Perdónenme." Bridget se levantó de la mesa y se fue.

Calvin percibió la fragancia de su olor cuando ella pasó junto a él, saboreando su dulzura y atormentando sus sentidos.

Se deleitaba al saber que ella estaba cerca de él, ahora bajo su techo y compartiendo en su casa.

Algo que siempre había querido, ya que ella no solo era una amiga, sino también alguien a quien admiraba y amaba desde que se conocieron.

Ella también era alguien con quien soñaba, haciéndole el amor, pero nunca fue capaz de tener el suficiente valor para pedírselo.

Después de la cena, Calvin se excusó con su familia para abandonar la mesa.

Subió las viejas escaleras de roble barnizadas y se dirigió a la habitación de invitados, tocando silenciosamente la puerta.

"Adelante."

La respuesta que quería y era como una invitación al cielo.

Entró en la habitación y encontró a Bridget tendida en la cama mirando hacia el techo a la suave luz de la lámpara de la mesita de noche.

El sonido calmante de una ópera clásica se reproducía en el fondo.

Cerró la puerta en silencio y luego se sentó a su lado.

"¿Como te sientes?" preguntó.

"Me siento bien." Contestó Bridget, sin alterar su mirada.

"Espero que no te molestara que te invitara a volver aquí? Pensé que sería lo mejor. Puedo hacer que te cuiden y te mantengan a salvo". Su mano tocó su hombro, corriendo a lo largo de la línea de su vestido hacia su pecho. "¿Sabes lo que siento por ti?"

"Sí." Ella apartó su mano y se volvió de costado, apartándose de él. Se sintió rechazado. "Aprecio tu amabilidad, pero tienes otras razones".

Se puso de pie y caminó hacia la puerta, luego se detuvo.

"Sabes lo que siento por ti. No puedo dejar de amarte. Una vez sentiste lo mismo, pero has cambiado de opinión por alguna razón desconocida para mí. Ojalá supiera cuál es esa razón"

"Me asustas", respondió ella.

"¿Pero por qué? Ni siquiera te obligué a hacerlo. Nunca te lastimé ni quise lastimarte"

"Eres tan posesivo. No me gusta. Nunca me gustó".

"Significas mucho para mí. Haría cualquier cosa por ti. Cualquier cosa".

"Entonces déjame encontrar a Leonardo".

"¿Quieres ir a Italia? Porque ahí es donde está ahora".

"No creo en ninguno de ustedes. Sé que todavía está aquí, en esa casa. Tal vez en peligro".

"Puedes preguntar a la policía. Estoy seguro de que revisaron la casa". Él volvió a su lado. "Tienes que creer eso. Lo revisé yo mismo. Se fue en un vuelo esta mañana a Roma. ¿Cómo puedo hacerte creer eso?"

"No puedes, nadie puede. Solo sé lo que sé".

"Aún te estás recuperando de lo que sucedió. El hombre te abandonó, te dejó morir en un callejón por lo que sabemos. Lo que ocurre es que no puedes hacerte a la idea de eso".

Bridget se volvió para mirarlo.

Estaban cayendo lágrimas por su rostro, con mechones de cabello pegados contra sus mejillas y que Calvin tuvo la tentación de quitar suavemente, pero no se atrevió debido a su posible rechazo.

"Cariño, enviaré a dos de mis hombres por la mañana a revisar la casa. Lo prometo".

"Puede que sea demasiado tarde para ese momento. Puede que sea demasiado tarde incluso ahora".

"Cariño, solo puedo hacer lo que pueda bajo estas circunstancias. El médico dijo que tendrías estos flashbacks y que algunos de ellos ni siquiera serían reales. Revisé la situación de Biscas y eso es todo lo que sabemos".

"Para mí fue real. Sé que fue real".

"Tal vez." Calvin sonrió y levantó la mano para tocar su cara. Bridget lo observó y sintió como sus dedos se desplazaban suavemente contra su piel húmeda. "Te amo Bridget", susurró.

Ella se sintió atraída por él.

Por dentro ella también lo amaba, pero no físicamente.

Su amor por él nació en el momento en que permitió que sus almas se tocaran a través de Internet, a través de las terminales de sus computadoras, separadas por cientos de millas.

Hicieron el amor cien veces de esa manera tan tierna y tan románticamente.

Pero después que se han encontrado físicamente, ella no podía ser tan íntima.

Calvin estaba frustrado por eso porque tenía muchas ganas de cumplir sus desesperados deseos.

Todo lo que quería era hacerle el amor de verdad, tocarla y saborearla como había imaginado en el pasado y, más que nada, sentirla cerca de él.

Sus labios se tocaron como lo habían hecho antes.

El beso se apasionó, pero luego Bridget se retractó.

"¡No!" Ella se apartó, frenándolo.

"¿Qué pasa?" preguntó. "¿Por qué sigues haciéndome esto?"

Ella levantó la mano y la puso en sus labios.

"No puedo". ella susurró, la pasión todavía corría a través de ella, pero incapaz de completar la respuesta que quería y él tanto deseaba. "Yo ... yo ..."

"¿Qué? ¿Es porque estás en mi casa?"

"No. Te he decepcionado. Rompí mi promesa", respondió ella.

"¿Promesa? ¿Qué promesa?"

Ella lo miró y él comenzó a ahogarse en sus sorprendentes ojos azules como siempre.

"Dejé que Leonardo tomara mi virginidad", le dijo ella.

Él estaba sorprendido.

Pero entonces esa promesa no fue una promesa que él pensara real.

Él dudó, desde el principio, de su confesión de que ella no había sido tocada.

"Eso no es importante. Lo importante es que ahora estamos juntos".

Bridget se recostó y tomó su mano, colocándola sobre su pecho.

Podía sentir la dureza de su pezón debajo del vestido y su corazón comenzó a latir con fuerza cuando ella lo miró.

Sin dudarlo, se subió encima de ella y continuó el apasionado beso que habían comenzado previamente.

Bridget respondió envolviendo sus brazos alrededor de él, acercándolo más.

Su mano trazó la forma de su cintura y caderas hasta encontrar el dobladillo del vestido y la carne cálida de su muslo.

Suavemente sus dedos sintieron ese calor y suavidad mientras se movían sobre su piel.

Podía sentir la profunda pasión en su beso y, de repente, atravesó la barrera de la incertidumbre, ahora ella quería que él lo sintiera, que se sintiera satisfecho con ella.

El beso terminó y ella lo miró, pasándose los dedos por el pelo con ambas manos.

Ella quería devorarlo y consumirlo.

El toque de sus dedos en su ingle le provocó un cosquilleo en la espalda que le dijo que todo estaba bien y que no había forma de detener lo que podía pasar.

Calvin tiró de sus braguitas con ambas manos, quitándolas sobre sus suaves piernas y dejándolas a un lado.

El dulce aroma de su sexo golpeó sus fosas nasales mientras miraba hacia su montículo cuidadosamente recortado.

Ella observó y esperó hasta que él abrió sus piernas más ampliamente, y lentamente bajó su cabeza entre ellas.

La sensación de su aliento contra ella la hizo caer más y más profundamente en sus deseos apasionados.

Ese momento seguramente había llegado, con el que había soñado tantas veces.

Sus labios vaginales se separaron, forzados a abrirse suavemente por el calor y, sin embargo, la fría humedad de su lengua.

Sus sensaciones comenzaron a aumentar.

Él la lamió y la empujó con un vigor suave, probándola y acariciando su clítoris con su lengua, haciéndola acercarse más a él mientras gritaba por más.

El clítoris era una de las partes más sensibles de su cuerpo.

A los pocos minutos ella comenzó a notar como su orgasmo llegaba sin freno posible.

Calvin no pudo detener sus gritos de éxtasis mientras apretaba el edredón con sus dedos.

Existía el peligro de que su familia la escuchara gritar, alertándolos.

"Bebé ... para ... para ..."

Él la levantó y la abrazó y la abrazó con fuerza.

"Shhhhhhh ... por favor"

Ella comenzó a calmarse, volviendo a la normalidad, escuchando su voz susurrante.

"Burt ... escúchame" Jadeó su voz en su oído. "He estado esperando tanto tiempo para esto ..."

"Lo sé. Te prometo que volveré más tarde. Es demasiado arriesgado ahora. Tengo que irme; Gaby y las chicas se preguntarán dónde estoy. Los dos nos dejamos llevar".

Bridget se recostó y lo miró.

Cuando su dedo se deslizó sobre los labios, ella lo mordió y lo chupó juguetonamente.

"Estaré esperando", susurró ella.

Su cuerpo hormigueaba, cada terminación nerviosa era hipersensible a sus toques, a su misma presencia.

Más tarde no pudo venir lo suficientemente pronto, ya que no estaban solos en la casa y que su familia estaba amenazando su privacidad y, aunque lo deseaba allí, tenía algo más importante en mente.

***

Bobby se recostó en su silla y miró el paquete de cigarrillos en su escritorio.

La tentación fue grande, pero su fuerza de voluntad fue más fuerte.

Dejó de mirarlo, abrió el archivo del caso y sacó el fax que alguien le había pasado esa tarde.

Lo leyó por enésima vez tratando de entender lo que estaba diciendo.

"Harris, Biscas y Andreotti están a salvo y bien, pero no para siempre. La acción no está terminada y ella planea ir más lejos con esto. Desearía nunca haber puesto los ojos en ella".

El fax fue enviado de forma anónima utilizando una oficina de comunicaciones pública de la ciudad.

Lo único que identificaba al remitente era la firma, "Poderoso", pero esto no significaba nada para Bobby.

Miró su reloj y decidió que era hora de dar la jornada por terminada.

Apagó la lámpara que estaba en un ángulo de su escritorio y echó un último vistazo al tentador paquete de cigarrillos.

* * *

En el estacionamiento de varios pisos, Bobby estaba a punto de abrir la puerta de su auto cuando una limusina negra se detuvo a su lado.

La ventanilla se abrió.

"¿Inspector?"

Bobby miró hacia la limusina y dirigió su mirada hacia el conductor.

"¿Tiene cinco minutos?"

"Estaba camino de ir a mi casa. Pero puedo demorarme cinco minutos más, claro".

"Entonces entre."

Bobby caminó lentamente alrededor de la limusina hasta el asiento del pasajero y entró.

El conductor chascó los dientes y le entregó a Bobby un pequeño sobre blanco.

"Eso es para usted. Y algo más que necesito decirte".

"Disparé."

"Biscas sigue vivo y está bien, pero no está en Florencia o en Roma. Eso es todo lo que le puedo decir".

"¿Y quién eres, si puedo preguntar?" Pregunto Bobby

"Eso no es importante. Sólo soy un benefactor".

El conductor encendió dos cigarrillos y le entregó uno de ellos al inspector.

"Vamos, tómelo. Se ve como si lo necesitara. Puedo sentir ese impulso en usted".

Bobby lo tomó mientras el conductor se reía.

"Lo intenté como loco una vez, pero nunca tuve la fuerza de voluntad para dejarlo".

Bobby lo chupó y saboreó el sabor del humo.

"¿Ve, eso se siente bien eh?"

"Claro. Pero todavía necesito saber quién es el benefactor"

"Como dije, eso no es importante. Y otra cosa ..."

"Adelante, sorpréndame otra vez, ¿qué otra cosa?"

"No vaya a revisar el registro de este vehículo, porque no tiene ninguno". El conductor se rió. "Solo digamos que lo que hay en ese sobre es todo lo que necesita para continuar. Que tenga una tarde agradable, inspector".

Tan pronto como Bobby salió de la limusina, ésta se alejó a toda velocidad, con los neumáticos chillando a lo largo del piso de concreto hasta que desapareció de la vista hacia el piso inferior del estacionamiento.

Bobby miró el sobre y lo abrió.

Un colgante con un corazón de oro y una cadena cayeron en su mano.

En ella estaban grabadas las palabras: "Para Jane, con amor, Leonardo".

Bobby lo levantó y luego sonrió para sus adentros, saboreando los restos finales de nicotina de su cigarrillo.

10.

Calvin se acercó a su esposa por detrás, abrazándola con fuerza mientras lavaba los platos, él le dio un suave beso en la mejilla.

"¿Estás bien, cariño?"

Ella se volvió y se acurrucó en su cara, devolviéndole el gesto cariñoso.

"¿Qué es eso?" ella preguntó.

"¿El qué?"

Ella detectó algo que era familiar, un olor que le recordaba algo.

El aroma del sexo tenía que ser imposible y ella descartó el pensamiento rápidamente.

Calvin se dio cuenta de lo que había notado y se apartó con suavidad.

"Debe ser la sopa de langosta. Fue deliciosa, cariño"

"Bien, entonces puedes ayudarme a guardar estos platos o hacer algo para arreglar el lavaplatos lo antes posible".

"¡Ah! ¿Y dónde están las chicas cuando las necesitas?" preguntó él, en broma. "Siempre parecen desaparecer cuando hay trabajo por hacer".

"¿Cómo está nuestra invitada por cierto?" Gaby preguntó.

"Durmiendo. La mejor manera de recuperarse".

"Te gusta mucho, ¿verdad?"

"Pienso en su bienestar, sí. Es uno de mis mayores activos, no lo olvides".

"Y muy hermosa." Gaby se acercó a él y le rodeó la cintura con los brazos.

Calvin se echó a reír.

"Me he dado cuenta. Pero, tú eres la única para mí. Puedes creerme".

***

Bridget abrió ligeramente la puerta de su habitación para escuchar la actividad en el resto de la casa.

Todo parecía tranquilo.

Salió al rellano y se dirigió hacia el baño.

"Hola. ¿Estás bien?" dijo una voz detrás de ella.

No se había dado cuenta de que Susan, una de las hijas de Calvin, estaba parada en el rellano.

"Estoy bien. Sólo voy a tomar una ducha rápida". Bridget respondió.

"¿Puedo preguntarte algo?"

"Por supuesto."

"¿Cómo es ser una supermodelo?" Bridget miró a Susan y sonrió. Su cabello dorado desaliñado caía en cascada sobre sus hombros, enmarcando su mirada angelical. Ella se parecía mucho a Burt, pensó Bridget. "Es un trabajo duro. No siempre es tan glamoroso como algunas personas piensan".

"Espero que entiendas que no es que quiera ser un modelo. Creo que es degradante".

"Bueno, sí y no. Entiendo tu punto, pero es muy necesario que la industria de la moda tenga modelos tanto masculinos como femeninos para exhibir la ropa y el maquillaje ..."

"Sí, pero para mostrarte desnuda y todo. Tus tetas y tu coño en exhibición"

"Bueno, en realidad no es así".

"Pero lo hiciste".

Bridget se detuvo a pensar. "¿Como sabes eso?"

"Papá tiene muchas fotografías tuyas desnudas. Se las esconde de mamá. Las he visto en su gabinete secreto".

"¿Lo hiciste?"

"Sí. Sé cómo entrar en su escritorio, en su gabinete secreto".

"¿Él lo sabe?"

"¿Le dirías que te lo dije?" Susan sonrió maliciosamente. "No me molestarías, ¿verdad? Porque si lo hicieras, tendría que contarle a mamá todo sobre ti y papá".

"¿Decirle a ella qué, Susan?" Bridget se cruzó de brazos, comenzando a enojarse, pero trató de ocultarlo. No había duda de que Susan había planeado este pequeño encontronazo con alguna mala intención. "¿Qué es exactamente lo que sabes?"

"Sé que él te ama".

Bridget se echó a reír.

"Susan, eso no es algo secreto. Tu padre conoce a muchas mujeres que finge amar".

"Esto no es fingir. Él realmente te ama. Leí su diario. Él escribió que, si pudiera, dejaría a mamá y te pediría que fueras su esposa".

Una vez más, Bridget se detuvo a pensar.

Era tan desconcertante imaginar que Burt alguna vez dejaría esa información al alcance para que sus propios hijos la recogieran tan fácilmente.

Ella levantó una sonrisa en respuesta.

"¿Lo amas, Bridget?"

"Eso no es de tu interés." Bridget se volvió y siguió hacia el baño.

"Pero le molestaría a mamá si se enterara".

"Entonces no se lo digas."

Cerró la puerta del baño detrás de ella y quedó a la espera, escuchando un rato para ver si Susan estaba dando vueltas afuera en el rellano.

Luego se levantó el vestido para sacar el diminuto teléfono celular de su discreto escondite en sus bragas.

Ella tecleó un número y esperó a que respondiera.

Sin respuesta.

El teléfono con el que trató de ponerse en contacto estaba fuera de línea.

"¡Maldita sea!"

Intentó otro número.

Esta vez respondieron.

"¿Hola? ¿Jacky?"

"No. ¿Quién es?" Respondió la voz.

"¿Thomas? ¿Eres tú?"

"Por supuesto que soy yo. Señorita Bridget, ¿por qué me llama?"

"¿Necesito saber qué está pasando? ¿Leonardo sigue ahí?"

"¿Quién es Leonardo? ¿Quieres hablar con la señorita Jacky?"

"Thomas, escúchame. Sé que lo que pasó, no soy estúpida. Así que, por favor, no trates de entender que soy una especie de idiota. ¿Está bien Leonardo?"

"Señorita no entiendo. ¿Quién es Leonardo? No sé de quién está hablando y la señorita Jacky está muy ocupada en este momento".

Bridget extendió el teléfono con ambas manos a la altura de los brazos y gruñó, luego se lo llevó a la oreja otra vez.

"Está bien, juega a este estúpido juego si es necesario, pero me voy a recuperar, te lo juro".

Lo desconectó y volvió a gruñir, golpeando la pared con frustración.

Hubo un golpe en la puerta.

"¿Está bien, señorita?" Preguntó la voz uno de los guardas.

"Sí, me voy a bañar".

"Pensé que oía voces".

"Estaba cantando."

"Cuando esté libre, tenemos que hablar".

"Sí, lo haremos. Creo que necesita saber algo".

* * *

El conductor volvió a la casa y entró por las puertas delanteras.

Uno de los guardaespaldas esperaba.

El conductor lo miró.

"¿Que estás mirando?" Preguntó, luego caminó hacia el salón con las manos metidas en los bolsillos del pantalón.

El guardaespaldas simplemente sonrió y lo miró entrar.

"Entra Andy." Dijo Jacky. "Espero que hayas entregado mi mensaje".

Estaba vestida con una falda roja ajustada de cuero y una camisola a juego, el cabello recogido en una larga cola de caballo que le caía por la espalda.

Cruzó el suelo embaldosado hacia su fiel conductor y le entregó un vaso de vino tinto.

"Sí, le di el mensaje".

Andy tomó el vaso y la miró.

Ella le había prometido un regalo especial esa noche y él sabía, por la forma en que se había vestido, que la promesa estaba flotando en el aire.

Nunca había tenido la oportunidad de estar solo con su jefa.

Ella lo miró y le envió una sonrisa seductora.

"Buen chico. Creo que es hora de jugar".

Andy bebió el vino mientras los dedos de ella bajaban lentamente la cremallera de su pantalón.

"¿Quieres jugar, no, Andy? Es tu recompensa, tu bono por un trabajo bien hecho".

"Por supuesto." Sonrió y colocó el vaso en la mesa junto a él y Jacky puso su mano dentro de su abertura abierta, sintiendo su polla ya algo dura. "¿No podemos usar su dormitorio para esto, señorita?"

"¿Por qué? ¿Eres tímido?" Thomas estaba parado junto a la puerta y mirando. "¿Te pone nervioso, Andy?"

"Sí, podría decirse eso".

"Mmmm ... parece que estás disfrutando mis suaves toques. ¿Te gusta así, Andy? Apuesto a que Thomas también se está emocionando".

Miró a su sirviente.

Thomas permaneció inmóvil e inexpresivo.

Jacky tomó a Andy de la mano y lo llevó al sillón.

Ella se sentó y lo atrajo hacia ella por la cintura, sonriéndole mientras le desabrochaba el cinturón y bajaba lentamente los pantalones.

"¿Estás listo para esto?" ella preguntó.

Luego, lentamente, ella le quitó los calzoncillos cortos, liberando su virilidad.

Señalaba, duro y palpitante hacia su cara.

"Espero que me vayas a entregar lo que necesito".

Ella lo acarició, pasando sus dedos alrededor de él y retirando el prepucio para revelar su apetitosa cabeza.

Luego lo tomó en su boca, probándolo sensualmente con su lengua y lamiendo suavemente debajo de su hinchado glande.

Andy dejó escapar un suspiro de agradecimiento, ya que la acción le había calentado aún más.

Ella lo llevó más y más profundo hacia dentro de su boca hasta que casi fue completamente devorado, sosteniendo su escroto y apretándolo como si estuviera purificando sus testículos por cada gota de semen que pudiera reunir.

Sus suspiros se convirtieron en gemidos repetidos, que parecían estar al ritmo de sus acciones.

Llevándolo dentro y fuera lentamente.

Andy se acercó y sostuvo los hombros de ella mientras movía sus caderas, su empuje perfectamente sincronizado con su ritmo, hasta que gritó en libertad, dejando que sus cargas fluyeran hacia la boca de ella.

Jacky tragó cada gota mientras su semen caliente inundaba la parte posterior de su ansiosa garganta.

Ella lo lamió limpio y sonrió.

"Muchas gracias señorita, estuvo muy bien".

"Descansa ahora. Te necesito para otro trabajo muy importante en la mañana".

Andy se subió los pantalones y se los ajustó para salir de la habitación.

Pasó junto a Thomas en la puerta y le preguntó.

"¿Disfrutaste viéndonos?" Thomas sonrió y luego se dirigió hacia Jacky.

"Señorita. Tuvo una llamada antes."

"¿Ah sí?" Jacky se secaba la cara lentamente con una suave servilleta. "¿De quién o no debería preguntar?"

"De la señorita Bridget. Preguntó por el señor Leonardo. Entonces le conté lo que me ordenó que le dijera".

"Eso es bueno. ¿Y ella tenía algo que decir?"

"Sí. Que ella se iba a recuperar".

Jacky sonrió y se levantó de la silla, enderezándose la falda.

"Bueno, me pregunto qué tendrá en mente"

Caminó hacia la puerta lentamente con su cola de caballo balanceándose de lado a lado sobre su espalda.

"Sígueme, Thomas, necesito tu ayuda en la mazmorra y tengo una agradable sorpresa para ti".

Thomas sonrió y la siguió, sus ojos firmemente fijos en sus caderas balanceándose mientras caminaba.

* * *

Los ojos de Bridget comenzaron a cerrarse.

El suave concierto de violín de Stravinski que estaba escuchando, la relajaba, mientras yacía desnuda pero cubierta en la cama.

Era tarde y la visita prometida de Calvin parecía que nunca iba a suceder nunca hasta que el suave golpe en la puerta la espabiló.

Calvin entró silenciosamente y en la tenue luz de la lámpara pudo verlo.

Se sentó a su lado.

"¿Estabas dormida?"

"Casi. Pensé que te habías olvidado".

"Tuve que esperar hasta que Gaby estuviera profundamente dormida". Él le pasó los dedos por la cara. "No sabes cómo me siento este momento. Te quiero tanto".

"Estás temblando".

"Sí, de entusiasmo. Es mi mayor sueño hecho realidad".

Bridget le cogió la muñeca y se incorporó.

La manta que la cubría se deslizó descubriendo sus pechos firmes que se veían mucho más perfectos a la luz de la lámpara.

"Entonces, ¿qué era tan urgente? ¿Dijiste que necesitabas hablar?"

"Esperaba que te unieras a nosotros, para poder asegurarle a Gaby".

"¿Asegurarle el qué?"

"Que solo éramos amigos. No la necesito pensando que tú y yo ..."

"¡Detenté!" Bridget apartó su mano. "¿Le dirías deliberadamente mentiras mientras yo estoy yo aquí?"

"¿Si, por qué no?"

Bridget odiaba ser mentirosa y, sobre todo, odiaba más cuando alguien la arrastraba a sus trampas engañosas.

Calvin trató de abrazarla otra vez, pero ella se estremeció, volviendo a sostener la manta cerca de ella.

"Cariño, ¿cuál es el problema?" preguntó.

"Está mal. Todo no se siente bien".

"¿Qué quieres decir?"

"Antes ..." Bridget le explicó la conversación que tuvo antes con Susan. "¿Sabías que ella podría entrar en tu escritorio?" Calvin se levantó y se apoyó contra la pared pensando. "¿Bueno, lo sabías?"

"¡Maldita sea!" susurró ruidosamente enojado. "No, no lo sabía".

"¿Así que pensaste que todo era secreto? Bueno, piénsalo otra vez, Burt".

"Lo siento, Bridget. Soy un completo estúpido y tonto. Nunca me di cuenta de que Susan estaba entrando en mi escritorio. Pero ahora que sospecha esto, sé qué hará cualquier cosa para salvar nuestro matrimonio".

"¿Necesita hacerlo?"

"Sí. Pero eso no es por ti y por mí, o por lo que siento por ti. Esto es algo que ha estado sucediendo durante años. Lo siento".

Calvin abrió la puerta para irse.

"¡Espera!" ella le pidió. "Necesito preguntarte algo." Calvin se quedó quieto por un rato y luego se volvió para cerrar la puerta en silencio. "Necesito algunas respuestas y sé que las tienes".

"Lo que sea."

"¿Tuviste algo que ver con todo esto? ¿Con Jacky?"

"Si te digo lo que sé, entonces necesito que me mantengas al margen. ¿Entiendes?"

"Sí, tienes mi palabra".

Calvin se sentó en la cama y explicó: "Sabía que tú y Leonardo habían hecho arreglos para reunirse. Luego recibí una llamada de Jacky. Ella me dijo quién era ella y que le habían hablado ustedes dos y que había hecho planes. Y yo odiaba a Leonardo porque sabía lo que sentías por él. Siempre supe que tenías ese deseo de conocerlo. Siempre supe que un día él vendría y te robaría.

"¿Y qué hay de Jacky?"

"Ella me pidió que nos reuniéramos para que pudiéramos hablar. Lo hicimos y pensé que todo el plan que tenían ustedes era una locura. Me lo contó todo. No podía creer que tú aceptaras este plan para asesinar a Andreotti y Leonardo. No tenía sentido. Pensé que los admirabas a ambos. Luego intenté detenerte, no solo porque estaba celoso, sino también porque sabía que Jacky te estaba usando. Eso es todo lo que sé. Lo siguiente que sé que sucedió es que terminaste inconsciente en ese callejón ".

"También sabías lo de Jane, ¿no?"

"Sí, eso fue hace años, antes de que ella muriera". Calvin respondió.

"Cuéntame sobre eso"

"¿Qué es exactamente lo que quieres saber, Bridget?"

"¿Cómo era Jane? Quiero decir, ¿en qué estaba realmente ella?"

"¿Te refieres a sus hábitos y esta relación con Leonardo?" Bridget asintió con la cabeza para que continuara; "Jane fue una de mis primeras modelos. Como tú, la admiraba mucho y, de nuevo, como tú, Leonardo estaba en la escena. La conquistó, pero en cierto modo me alegraba que lo hubiera hecho. Tenía estos extraños hábitos de querer ser maltratada. Se convirtió en un hecho cuando me pidió que diseñara un sitio web para ella. Me sorprendió lo que hizo. Nunca pensé que alguien tan hermosa como ella podría estar interesada en ese tipo de cosas ".

"¿Y Leonardo?"

"En ese momento él solo estaba desarrollando su negocio. Yo lo estaba ayudando con algunos contactos y así fue como se conocieron él y Jane. Sus antecedentes lo intrigaron y cómo ella se metió en las cosas que hizo. Leonardo estaba curioso y hambriento de averiguar sobre esas cosas también. A menudo me preguntaba si él también estaba involucrado en el sexo extremo y resultó que sí ".

"¿Qué pasó?"

"Les ayudé a hacer una película, organicé las sesiones de fotos. Luego ocurrió el accidente y sus padres me pidieron que retirara el sitio web y detuviera la distribución del video. Luego me enteré de que Leonardo estaba implicado en su muerte y fue absuelto poco después. Pero luego supe que la hermana de Jane fue interrogada también. Resulta que ella estaba enviando amenazas de muerte a Leonardo".

"¿No pensaste en eso cuando ella te contactó?"

"Por supuesto que sí. Por eso pensé que todo era una locura. Pero espera, Bridget, estabas con ella en este plan. Me sorprendió pensar que podrías hacer algo así. Quería protegerte".

11.

La mazmorra estaba fría y silenciosa y Leonardo podía sentir los puños clavándose en sus muñecas cada vez que se movía.

No podía hablar y el único sonido que podía hacer era gemidos amortiguados dentro de la apretada máscara de goma que cubría toda su cabeza, con la boca cerrada.

Estaba frío y desnudo, y lo habían obligado a permanecer suspendido por las muñecas de las cadenas que lo mantenían en esa posición durante días.

Comenzó a perder la noción del tiempo y el sueño solo le llegaba en pequeñas siestas, siendo atendido por uno de los guardaespaldas de vez en cuando, para ser alimentado, limpiado con una manguera y para liberar su vejiga en un cubo cuando el guardia lo permitía.

Jacky entró en el calabozo seguido de Thomas.

Leonardo la observó caminar hacia él.

Él gimió unas palabras ininteligibles cuando ella se paró delante de él, pasando sus uñas en la piel de su pecho.

"¿Y cómo está mi invitado hoy? Siendo bueno, espero" ella preguntó. Leonardo tiró de los puños, pero le dolió. Ya tenía abrasiones que le dolían y sangraban en las muñecas. "¿Ya estás listo para jugar conmigo?" Ella comenzó a tentarlo de nuevo a él tocando su polla flácida. "Oh, Leonardo, sé que puedes hacerlo mejor que eso. Míralo, es tan patético". Sus ojos la miraron a través de las rendijas en la máscara y ella le devolvió la sonrisa y luego lamió sus labios sensualmente. Él comenzó a gemir aún más fuerte en frustración y ella se rió de él. "Voy a dejarte mirar por un momento, Leonardo. Podría ponerte de un humor juguetón".

Caminó hacia la fría mesa de operaciones, quitándose lentamente la falda.

Thomas la miró fijamente.

"¿Sabes lo que te voy a dejar hacer, Thomas?"

"No, señorita."

"Te gustará lo que te voy a dejar hacer Thomas".

La falda cayó al suelo y ella se la quitó de los pies.

Llevaba una tanga negra ajustada, que abrazaba su ingle con fuerza.

"Podemos mostrar a nuestro invitado cuánto nos gusta jugar a los dos".

Se sentó en la mesa, levantó las piernas y apoyó los tobillos firmemente en los estribos que yacían de espaldas.

"Thomas, sabes qué hacer ahora. ¡Así que hazlo!"

Thomas se quitó la chaqueta y se subió las mangas de la camisa.

Luego bajó la tanga de Jacky, apartándola de su ingle, exponiendo su sexo.

Leonardo ni se inmutó cuando Thomas se apoyó en la mesa y le pasó la lengua contra sus genitales abiertos, separando sus muslos.

Podía sentir su lengua probándola, bebiendo sus jugos calientes en su boca y chupando contra su sensible clítoris.

"¡Ooooh, sí! Thomas lo haces muy bien, mmm ... por favor, no te detengas".

Y Thomas no quería parar.

Suavemente, la dejó en éxtasis orgásmico mientras se aferraba al borde de la mesa, empujando su ingle más cerca de él mientras su orgasmo se acercaba más y más a su pico.

Ella le rogó que no se detuviera hasta que finalmente se corrió, gritando de placer.

* * *

Bridget preparó su maleta rápidamente mientras Calvin la observaba.

"¿A dónde crees que vas a esta hora?" preguntó.

Puso sus manos sobre su cintura desnuda con suavidad y ella se quedó en silencio sintiendo sus manos acariciándola.

"Bridget, todavía puedo protegerte de todo esto. Confía en mí".

"¿Cómo? Lo dijiste tú mismo, estoy tan loca como Jacky". Ella se volvió hacia él y lo miró a los ojos. "Ni siquiera sé por qué me metí en esto. Fui estúpida".

"Sucede. Entiendo por qué querías a Andreotti muerto. Fue una venganza".

"Exactamente. Estoy igual de loca, igual que Jacky".

"No, tú no lo estás." Él se acercó y le sostuvo los brazos suavemente. "Ella está loca y es muy peligrosa. Tú todavía estás sufriendo por tu padre por lo que sospecho, y la pena puede hacer que te descontroles por dentro. Bridget, por favor, escúchame, puedo ayudarte".

Ella se sintió atraída hacia él.

Sus labios se acercaron más a los suyos hasta que se encerraron en un beso, volviéndose apasionado hasta que ella se dejó llevar en sus brazos.

Se sentía tan bien y mientras él estaba allí, ella estaba segura.

Ella lo deseaba tanto, pero luego estaba esa molestia en su cabeza que le decía que estaba mal estar allí y sentir lo que ella estaba sintiendo.

Ella dejó de besarle y se apartó.

"No, detén esto, Burt. No puedo involucrarme, por mucho que quiera. Tengo que irme".

"¡No, no lo hagas! ¡Escúchame!"

"Burt me tengo que ir".

"¡No te voy a dejar ir!" La hizo girar sobre la cama y la inmovilizó sobre su cuerpo. Ella se resignó a él, sus sentimientos incapaces de resistir su fuerza. "No me importa nada más, Bridget. ¡Te quiero!"

Ella se recostó y lo sintió abrir sus muslos.

Su mente estaba agitada, pensando en el desastre que había creado, confundida con todo tipo de pensamientos y ahora sus emociones en desorden.

Luego la empujó hacia él, abriendo su sexo y llenándola con la dureza de su polla.

El impacto de su rigidez la dejó sin aliento y ella lo miró, agarrando la cama con fuerza.

"No me hagas daño", susurró en voz alta.

"No quiero hacerte daño, cariño. No quiero hacerte daño. Te quiero tanto que haría cualquier cosa por ti".

Bridget recobró los sentidos y sintió su ternura.

Ella comenzó a relajarse.

Él besó su cuello, acariciando su cabello con su mano y todo se sintió tan seguro y tan bien de nuevo.

Lo rodeó con los brazos y lo agarró por los hombros cuando él comenzó a moverse hacia adentro y afuera lentamente y con total afecto.

Ahora ella lo tenía y no quería que se detuviera.

"Te amo Burt", susurró ella.

Bridget lo llevó hacia ella y sintió cada empuje de su dureza haciendo que su cuerpo temblara de deseo.

Ella lo sintió temblar y luego un cálido chorro en su interior le dijo que había corrido.

Hubo un breve silencio y él la miró, acariciando su rostro.

"Lo siento. No pude detenerme". Calvin se disculpó y le sonrió.

"Está bien."

"¿Quisiste decir lo que dijiste? ¿Realmente me amas?"

"No estoy segura."

Ella estaba insegura.

¿Cuál fue la diferencia entre la lujuria y el amor real?

Ella sabía que lo que sentía por Calvin era una especie de cercanía y una admiración por él.

A menudo se había preguntado cómo sería hacerle el amor y, en cierto modo, esos mismos sentimientos se aplicaban también a Leonardo.

Pero eso no era nada comparado con el amor que ella había sentido por su padre.

No solo había admiración, sino también un sentimiento de que ella era parte de él y nunca había deseado tener relaciones sexuales con él, excepto en su imaginación más salvaje que sabía que estaba prohibida.

¿Pero qué era esta cosa llamada amor, de todos modos?

"Estás pensando. ¿En qué estás pensando?" preguntó.

"Amor. Todavía no entiendo lo que realmente es".

"Pero debes sentir algo, ¿no?"

"Lo hago. Pero ..."

"¿Qué? ¿Dime lo que sientes?"

"No puedo. No sé cómo explicarlo".

Calvin se sentó a un lado de la cama y se cepilló el pelo con la mano.

"Lo siento Bridget. Te he confundido, ¿no es así?"

"¿Qué quieres decir?"

"Todo el tiempo te he forzado sobre mí. Nunca quisiste amarme. Fue yo a ti".

Bridget se recostó y pensó en lo que había dicho.

Burt era un hombre increíblemente guapo y se dio cuenta de eso desde el primer día lo vio.

Lo que ella realmente sentía en ese momento no era más que pura lujuria y un deseo de tenerlo.

Cuando finalmente se conocieron las cosas empezaron a sentirse diferentes para ella.

Ella solo deseaba hacer el amor con él en lo profundo de sus fantasías, pero en realidad no estaba lista para eso.

"Supongo que nunca te amé realmente en ese caso", le dijo ella. "Solo te quería. Lo que sentí no era lo mismo que tú sentiste por mí".

"Lo sabía." Calvin se levantó y la miró. "No me amas".

"No." Bridget apartó la cabeza de su mirada y esperó a que saliera de la habitación en silencio.

* * *

Jacky liberó a su huésped de los puños y él cayó de rodillas desatándose la máscara.

Ella lo vio mover su cabeza cuando él la miró mientras el sudor brotaba de su frente y el rastrojo gris que adornaba su rostro lo hacía parecer muy atractivo de una manera áspera.

"Tú, perra", murmuró. Había angustia en su mirada.

"Me encanta cuando un hombre se enoja. ¿Estás enojado conmigo, Leonardo?"

"¿Por qué haces esto? ¿Y qué hiciste con Bridget? Si la lastimaste, te juro que te mataré".

"No te preocupes, ella está a salvo". Ella se acercó, agarrando su cabello en su mano y empujando su cabeza contra su montículo púbico. Ella podía sentir su aliento aspirando su olor. "¿Te gusta esto Leonardo? ¿Ya estás listo para jugar conmigo?"

"Estás loca, totalmente loca. Con esto no me conquistarás".

"Entonces tal vez debería torturarte aún más."

Leonardo comenzaba a recuperar su fuerza y le apartó la mano.

Se levantó lentamente y la miró.

"Dime una cosa. ¿Qué hiciste con Bridget?" Jacky le devolvió la mirada y sonrió. "¡Dime!"

"Ella está viva y bien. La dejé ir. Además, ella no era muy divertida de todos modos. Quería que fueras solo para mí. Para poder tenerte como Jane una vez te tuvo para ella sola".

"¿Entonces de eso se trata? ¿Estabas celosa?"

"Ella lo tenía todo".

"¿Y te sentiste excluida? ¿No es así, Jacky?"

"Tal vez."

Ella siguió sonriendo, una cierta obsesión en sus ojos le decían todo ahora.

Todo este juego fue sobre la envidia y no solo una manera cruel de vengarse de la muerte de su hermana.

Quería agarrarla por el cuello, las marcas se desvanecían en su cuello donde el látigo la había golpeado unos días antes, y estrangularla.

Pero entonces, Leonardo se dio cuenta que no era ese tipo de hombre.

Necesitaba más que la tortura que había soportado hasta ahora para llevarlo tan lejos.

"Jacky, tienes que detener esto ahora. Termínalo y déjame ir".

"No." Ella sacudió su cabeza. "Juega conmigo. Haz lo que hiciste con Jane, solo que ahora hazlo conmigo". Ella pasa sus dedos suavemente por su pecho, toqueteando suavemente su pezón. "Quiero que me hagas sentir el dolor".

"No. Eso está en el pasado ahora. Nunca quise hacer esas cosas de todos modos".

"¿Entonces por qué lo hiciste?"

"Ella me obligó a hacerlo. Y porque la amaba, lo hice".

"¿Qué quieres decir?" Su sonrisa disminuyó, reemplazada por una mirada de curiosidad, como si lo que le había dicho no tuviera ningún sentido.

"Sí, Jacky, lo hice porque la amaba".

"¡No!"

"Es cierto. Ya ves, no puedo hacerte eso porque no te amo como hice con tu hermana. Ahora, ¿qué vas a hacer?"

"¡No!" Jacky dio un paso atrás y lo miró, repitiéndose. "No le haces daño a alguien si lo amas".

"Sí, lo haces. Debido a que el amor real es tan fuerte, harás cualquier cosa por esa persona que amas. Incluso les harás daño si lo desea".

"Entonces hazme daño porque me odias!"

"¡No! Sé por qué estás haciendo esto, Jacky. Porque estabas celosa de Jane. Admítelo. Aprendiste a odiarme porque no podías tenerme como ella lo hizo y luego creíste que la maté, alimentando ese odio que aún sientes ahora."

Leonardo la tomó en sus brazos y Jacky lo miró a los ojos.

"Entonces déjame amarte como ella lo hizo" Preguntó, casi un susurro cuando sus labios se acercaron más a los de él.

"No. Eso no es posible. Nunca podré amarte como la amé a ella".

"¿Por qué no?"

"No eres la misma persona que ella. Nunca podrías reemplazar a Jane".

"Pero amas a Bridget. ¿Por qué no a mí?" Jacky se alejó. "¡Mírame! ¿No soy hermosa como ella?"

"Sí, eres preciosa." Leonardo se tocó el pecho con el puño cerrado. "Pero no tengo nada aquí para ti. ¿Entiendes eso?"

Leonardo notó que sus ojos se llenaban de lágrimas mientras lo miraba.

12.

Jacky cayó de rodillas y envolvió sus brazos alrededor de las pantorrillas de Leonardo, abrazando y rogando por su perdón.

Fue un cambio tan repentino en su comportamiento con respecto a los momentos anteriores que Leonardo se sorprendió.

"Te lo ruego, Leonardo, por favor dime que me amas, por favor", gritó. Ella levantó la cabeza para mirarlo, con los ojos vidriosos por las lágrimas. "Necesito que me ames. Siente el mismo amor que le diste a Jane".

Leonardo se agachó y la puso de pie, tomándola en sus brazos.

"Jacky, estás desilusionada incluso después de todos estos años. Se necesita tiempo para amar a alguien. No eres más que una extraña para mí. Déjame ir ahora".

Thomas observaba a la pareja, dándose cuenta de cosas de las que nunca se había dado cuenta antes sobre su amante y jefa en esta conversación que acababa de presenciar.

Las cosas empezaron a confluir en su mente, reuniendo los hechos y la historia de su amante como un rompecabezas a lo largo de los años que la había conocido.

Era rica y algo poderosa, una mujer de negocios, y disfrutaba de sus desviaciones sexuales de la norma tanto como él disfrutaba ser parte de ellas.

Para Thomas, víctima del enanismo, el sexo no era algo fácil de conseguir en el mundo normal.

"Vete, Leonardo. Es obvio que he perdido el tiempo contigo". Jacky se apartó de él. "Nunca me amarás como amaste a Jane. No tiene sentido que intente hacer que me ames".

"Jacky, entiendo lo que estás tratando de hacer. Pero, las cosas no funcionan así", explicó Leonardo. "Ni siquiera estoy seguro de si amo a Bridget. Solo el tiempo me lo dirá".

Él extendió la mano para tocarle la cara, pero ella lo rechazó empujando su mano.

"No me toques. Solo déjame en paz".

"Entonces ¿dime una cosa, Jacky? ¿Dónde está Bridget? ¿Qué hiciste con ella?"

***

Bobby Harris buscó en las calles secundarias del viejo centro de la ciudad, a través de mercados que vendían baratijas y libros antiguos en puestos abiertos.

Era un lugar que atraía a los cultos entre los ciudadanos y los estudiantes llenaban los bares de vinos que atendían un mundo que escapaba a la norma de la vida cotidiana.

Llamó a un número en su teléfono celular.

"¿Carl? Estoy aquí pero no puedo encontrar el lugar que estoy buscando, hay tantas tiendas pequeñas y bares que es increíble".

Para ser un policía, se perdió inusualmente en un área de la ciudad que rara vez visitaba.

Carl le dio más instrucciones por teléfono y, con esa ayuda, Bobby siguió caminando por los numerosos callejones pequeños hasta que finalmente encontró lo que estaba buscando.

Localizado entre dos panaderías, se encontró su objetivo.

El emporio de delicias sexuales de la señorita Jacky.

Una pequeña tienda con imágenes de tamaño real de la misma Jacky posando con varios atuendos de cuero y blandiendo un látigo en las ventanas, invitando a los clientes a entrar.

Bobby se quedó quieto un momento delante y sonrió por un momento pensando para sí mismo lo que encontraría dentro.

Por supuesto que sabía qué esperar encontrar.

Se consideraba un hombre de mundo y un sex shop de este calibre no sería diferente a ningún otro.

Dentro había más imágenes de tamaño natural y recortes de Jacky colocados entre filas de estantes llenos de varios juguetes sexuales e instrumentos de esclavitud.

Se escuchaba música suave de fondo y la tienda parecía estar vacía de clientes e incluso de personal hasta que fue golpeado en su hombro desde atrás mientras admiraba los consoladores de cristal.

"¿Puedo ayudarlo señor?" la voz pertenecía a una persona que parecía ser de ambos sexos a la vez.

Bobby pronto se dio cuenta de que era un hombre, pero también muy afeminado y vestido como una mujer, quizás un travesti, y los senos ciertamente eran lo suficientemente reales, por lo que le daba la impresión de que la persona podía ser transexual.

"Sí, podrías ayudarme. Solo estaba mirando en este momento, pero estoy buscando información sobre la propietaria"

"¿La señorita Jacky? ¿Y qué información podría estar buscando?" Preguntó la persona con una sonrisa y mostrando sus largos párpados plateados.

"¿Ella visita alguna vez el establecimiento en algún momento?" Bobby tomó un consolador del estante, un pene largo y negro de goma que medía al menos catorce pulgadas de largo. "Dime, ¿alguien realmente compra estas cosas?"

"Sí a la primera pregunta y sí otra vez a la segunda".

"¿Con qué frecuencia?"

"¿Sería esa una extensión de su primera o segunda pregunta, señor?"

"Primera."

El dependiente caminó por la isla entre los estantes y Bobby lo siguió.

Se detuvo en una foto de Jacky vestida con un traje de gato de cuero rojo, su cabello rubio atado de tal forma que parecía una fuente dorada en cascada que se elevaba desde la parte superior de su cabeza y sus labios pintados de rojo oscuro con un ojo cerrado en un guiño pícaro.

"¡Disculpe! ¿Esta es la dueña, la que posa en todas las fotos expuestas?"

El asistente se volvió para contestar.

"Por supuesto. Solo la dueña aparece en todos nuestros anuncios aquí".

"Ella es una dama muy hermosa. Se ve muy dominante en todas estas poses que veo. ¿Es ella, como la llaman ...... domi ...?"

"Una dominatriz, sí".

"Esa es la palabra que estaba buscando, gracias".

"¿Puedo hacerte una pregunta ahora?" preguntó el asistente.

"Claro. Mientras pueda responderla."

"¿Es usted un policía?"

"De hecho, sí, lo soy. Pero no te preocupes; no estoy en el escuadrón del vicio ni nada por el estilo. Solo estoy siguiendo algunas líneas de investigación sobre un incidente en particular que ocurrió hace unos días".

"¿Y está la dueña involucrada en ese incidente?"

"No estoy seguro todavía. Además, no puedo revelar demasiada información como comprenderás".

El asistente siguió caminando hacia el mostrador de la tienda y Bobby lo siguió asombrado por los productos en oferta que lo rodeaban.

"Pruebe aquí ..." el asistente le entregó una tarjeta de visita.

"¡No! Ya sé dónde vive. Solo necesitaba saber si ella viene aquí de vez en cuando y con qué frecuencia. ¿Y puedo preguntar qué hay en esa habitación de atrás?"

"Es sólo una sala de valores y una mazmorra". El asistente respondió. "Ella la visita cuando es necesario".

"Dijiste una mazmorra. ¿Qué tipo de mazmorra?"

"Señor, no puedo creer lo ingenuo que es usted. ¿Está tratando de hacerse el tonto?"

"No, sólo tengo curiosidad, eso es todo". Bobby respondió con una sonrisa.

* * *

Carl fue llamado desde su oficina a la recepción de la oficina central de la policía.

El oficial de recepción le explicó que un hombre acababa de reportar a una mujer desaparecida con el nombre de Bridget Baldwin.

Carl miró por encima del hombro del oficial y vio a Leonardo esperando en el mostrador.

Parecía rudo y necesitaba afeitarse después de sus muchas horas de cautiverio y Carl fue a hablar con él.

"Disculpe señor, ¿informó usted de una mujer desaparecida?"

"Sí, mi nombre es Leonardo Biscas, estoy muy preocupado por mi amiga Bridget Baldwin. Debe ayudarme".

"Bueno señor, de hecho, lo hemos estado buscando a usted".

"Eso no es importante. ¿La han encontrado ya?"

"Sí, lo hemos hecho. Está a salvo y bien por lo que sabemos. Pero en este momento se está realizando un intento de investigación de asesinato sobre usted mismo. ¿Quiere acompañarme a mi oficina? Tengo algunas preguntas que hacer, por favor".

"¡No! No tengo tiempo para esto, necesito saber dónde está ella".

"Bueno, señor ... no puedo decirle eso en este momento hasta que responda algunas preguntas".

Bobby Harris entró en la estación y notó que su asistente hablaba con Leonardo.

"Está bien, Carl, puedo tratar con el señor Biscas".

Leonardo se dirigió al inspector y le rogó que le dejara saber dónde estaba Bridget.

Bobby lo llevó a un lado fuera del alcance del oído público.

"Sé que ustedes juegan algunos juegos muy raros". Bobby comenzó. "Una supermodelo famosa acaba siendo tirada en un callejón y una empresaria tiene unos hábitos muy extraños. Y para colmo, recibimos mensajes de personas inusuales que nos dicen que usted y algún otro tipo están en peligro y alguien está tratando de asesinarlo, a ambos."

"Eso lo entiendo, créeme que sí. Pero debo encontrar a la señorita Baldwin de inmediato".

"Ella está a salvo. Creo que está con un tal señor Burt Calvin en su casa por el momento".

"¡No! ¿La dejaron con Calvin?" Leonardo se sorprendió al escuchar eso. "No pueden hacer eso. Ella no está a salvo con Calvin".

"¿Por qué no?"

"Deben ir allí de inmediato y sacarla".

13.

Calvin se unió a su familia para desayunar y miró a través de la mesa a Bridget.

Ella sabía cómo se sentía él, totalmente rechazado y odiándose a sí mismo.

El resto de ellos no sabían nada de lo que había sucedido esa misma mañana.

Para Bridget, era simple.

Ella no lo amaba, como él quería y esperaba, y ella se lo explicó.

El teléfono celular de Calvin sonó, lo que llamó su atención disculpándose, y dirigiéndose a la cocina para atender la llamada.

Era Jacky, sonaba angustiada y llorosa.

"¿Qué pasó?" preguntó.

"Lo dejé ir", fue su respuesta lo que hizo que Calvin de repente se sorprendiera y enojara.

Miró de nuevo al comedor a Bridget, que estaba conversando con su esposa.

"Tenía que hacerlo. Esto no funciona, Burt".

"Escucha, confié en ti para llevar esto a cabo. Él irá a la policía".

"Ya no me importa, Burt, ahora depende de ti".

Jacky colgó y Calvin sintió que su mundo se había desintegrado a su alrededor.

Sus planes ya no significaban nada.

Contuvo su ira y se calmó antes de entrar al comedor y reunirse con todos.

"Burt, ¿está todo bien?" preguntó su esposa.

"Sí cariño, no hay problema. Era alguien de la oficina".

"Estoy lista para irme pronto". Bridget le informó.

"Por supuesto, te llevaré a tu apartamento si te parece bien"

"Gracias. Eso sería muy amable de tu parte", respondió Bridget.

Calvin sonrió y siguió comiendo como si nada hubiera pasado.

* * *

Calvin colocó la maleta rosa en el maletero de su automóvil y esperó a que Bridget saliera de la casa.

Aprovechó la oportunidad para devolverle la llamada a Jacky mientras esperaba.

Ella respondió casi de inmediato.

"¿Qué le dijiste a Leonardo? ¿Necesito saberlo?" Calvin exigió.

"Le dije todo".

"¿Hiciste qué? ¡Jodida idiota! Todo lo que tenías que hacer era quedártelo hasta que completara el trato. Ahora nos dejaste en la mierda". Notó que Bridget salía de la casa y caminaba hacia el coche. "¡Voy a tratar contigo tan pronto como solucione esto!". Y colgó.

"Te ves molesto, Burt. ¿Estás seguro de que todo está bien?" Pregunto Bridget

Ahora las cosas se habían vuelto mil veces peor de lo que se había dado cuenta antes.

Abrió la puerta del auto para Bridget y la dejó entrar a su lado antes de apresurarse hacia el suyo.

Ella podía decir que él estaba molesto por algo.

"¡Calla!" él chasqueó.

"¿Todavía estás molesto por esta mañana? Burt, tienes que aceptarlo".

"Te dije que te callaras, ¿no?"

"¡Detén el auto! No quiero tu ayuda".

Bridget podía sentir su ira ahora.

Este no era un aspecto de él con el que estaba familiarizada y sintipo que era mejor simplemente dejar que su relación, o lo que quedaba de ella, tuviera un final completo allí y entonces.

Pero Calvin la ignoró, conduciendo como un hombre loco, entrando en el flujo de tráfico principal en la carretera y casi chocando con otros vehículos.

"Tuviste la oportunidad, Bridget. ¡Te di una oportunidad!"

"Burt, ¿de qué estás hablando?" Ella le suplicó.

"Ahora se acabó. ¡Terminado! ¿Entiendes?"

"¡No! Estoy confundida. No tienes que ser así porque no te amo".

"Si me amaras, entonces las cosas podrían ser diferentes".

"¿Diferentes? ¿Qué estás tratando de decir Burt?"

"El trato. Podrías haber sido parte de él".

"¿De qué trato estás hablando?"

Calvin le explicó todo lo que había planeado con Jacky desde el principio.

El plan que parecía la idea de una mujer enloquecida era más que eso.

Fue idea suya.

Quería el amor de Bridget y Leonardo muerto para que pudiera hacerse cargo de su negocio.

Un juego simple de eliminación para tomar el control de una empresa de publicidad multimillonaria que Calvin necesitaba desesperadamente.

"¿Así que todo lo que me dijiste era mentira?" Pregunto Bridget

"No. Simplemente no te dije dónde encajaba en el todo".

"Entonces, ¿qué piensas hacer ahora?"

"Lo verás pronto", le dijo, su rostro ahora presentaba una expresión malvada que nunca podría haber imaginado de Calvin. "Estoy acabado. Y tú también."

Bridget fue repentinamente vencida por el miedo.

Su confusión ahora se convirtió en terror cuando ella desesperadamente pensó como salir de su situación.

No había salida físicamente hablando.

Calvin todavía conducía como un maníaco, adelantando a los vehículos que se encontraban en su camino a velocidades por encima del límite.

"¿A dónde vamos?" ella preguntó.

"A un lugar donde sé que estoy a salvo por ahora".

"Burt, esto no es sensato. Por favor, piensa en esto".

"Lo he hecho. Tengo la intención de divertirme un poco contigo. Ya estoy en problemas. Y si no me amas, pues simplemente ..."

"¿Qué?"

"Ya lo verás."

***

Leonardo se sentó en la sala de entrevistas de la jefatura de policía.

Harris trató de ordenar las cosas, tratando de entender por qué Bridget estaría en peligro mientras se encuentra bajo la protección de Burt Calvin.

Leonardo explicó todo lo que sabía sobre su negocio y el trato que había hecho con Calvin años antes.

Un acuerdo que le permitiría a Calvin tener el control total de su compañía en caso de renunciar él como presidente de la junta.

"¿Está diciendo que Calvin es dueño de parte de su negocio?" Preguntó Harris.

"Sí. Se convirtió en socio desde hace algún tiempo". Leonardo respondió.

"¿Y Jacky le dijo que esto era un complot para deshacerse de usted?"

"Sí, inspector, ¿cuántas veces tengo que explicarle eso? Y ahora la señorita Baldwin está en peligro. Si Calvin se entera, hará algo loco con ella, así que debe intentar detenerlo".

Harris se recostó en su silla y buscó otro cigarrillo.

Tal vez si solo pudiera fumar uno, al menos podría pensar con claridad acerca de este fracaso que se desarrollaba ante él.

Metió la mano en el bolsillo de la chaqueta, sacó un paquete de cigarrillos y encendió uno mientras Leonardo lo observaba.

"Por el amor de Dios, inspector ¿está escuchando algo de lo que le digo?"

Harris sonrió satisfecho, pero al mismo tiempo se dio cuenta de la desesperación de Leonardo y salió de la habitación para encontrarse a su asistente Carl, que estaba ocupado presionando el teclado de la computadora, buscando información.

Harris se colocó detrás de él y miró la pantalla que mostraba una imagen de Thomas en una foto de perfil policial.

"¿Quién es ese?" preguntó.

"Ese, jefe, es el misterioso "Poderoso". El tipo que nos envió los correos electrónicos". Carl se detuvo por un momento, oliendo el aroma acre del humo de tabaco y luego giró rápidamente en su silla. "¡Ay! ¡Le atrapé!"

"Mira, es mi primero hoy, soy sincero. Así que cuéntame sobre este tipo ¿Poderoso?"

"Ha estado en la trena". Carl respondió volviendo a la computadora. "Seis años por fraude".

"¿Cómo es eso?" Preguntó Harris.

"Trabajó para una compañía de circo y evitó pagar impuestos durante diez años".

"De acuerdo, ¿entonces él es el tipo que Leonardo dijo que trabaja para Jacky como asistente?"

"Sí, pero eso no es todo, jefe. También se le acusó por abuso sexual mientras estaba en el circo por agredir a una trapecista".

"¿Es eso así?"

"Si. A él le gustan las damas altas". Carl respondió.

* * *

Calvin giró el auto por un camino de tierra que los llevó hasta una granja abandonada.

Piso al máximo los frenos del auto, pero no pudo evitar chocar con un tractor averiado con toda su fuerza.

Bridget abrió la puerta y comenzó a huir, pero Calvin fue más rápido que ella.

Corriendo lo más que pudo, aunque salía en desventaja, Calvin la agarró del brazo y la tiró al suelo.

14.

Bridget sintió que Calvin respiraba pesadamente sobre su cuello mientras yacía sobre ella, presionando su cara contra el suelo fangoso.

La caída le había quitado el aliento cuando él la derribó.

"Es hora de divertirnos ahora, Bridget. Ambos, cariño, solo tú y yo".

"Déjame ir Burt. Este no eres tú. Piensa en lo que estás haciendo", le suplicó a él, sabiendo que había una oportunidad de atraerle al lado amable que una vez conoció.

"Lo he hecho. Todo se acabó para mí. No tengo nada por lo que vivir ahora, sino pasar contigo todo el tiempo que pueda. Y lo aprovecharé al máximo".

Él la puso de pie, sosteniendo ambas manos detrás de su espalda.

Una patada en el lugar correcto al menos le daría la oportunidad de escapar de él nuevamente.

Pero Bridget decidió no hacer eso.

Ella estaba agradecida de estar al menos de pie, para mirar mejor sus alrededores, tal vez primero planear una ruta de escape, en algún lugar para esconderse de él.

"Mírate. Eres un desastre, tienes barro en toda tu ropa", le dijo, casi susurrándole al oído. "Veamos qué podemos hacer al respecto. Habrá que quitártela para poder limpiarla".

La acompañó hacia el granero abandonado.

Bridget escudriñó los alrededores con cuidado mientras avanzaban.

El automóvil, los árboles que bordeaban el patio y el camino que los llevaba allí.

"¿Qué vas a hacer Burt?" ella preguntó. "¿Follarme hasta que no quede vida en mí?"

"Algo así se podría decir, sí".

Ella supo en ese momento que él se había vuelto loco.

Su personalidad había cambiado porque no había salida ya para él.

Era un hombre que no podía rendirse para perder todo lo que tenía y, en cambio, optaba por destruirlo todo, incluida ella, alguien a quien amaba.

El granero estaba oscuro, excepto por los haces de luz que penetraban a través de los agujeros en el techo.

Había paja en el suelo y pacas frescas en el piso de arriba.

El hedor de la paja podrida golpeó sus fosas nasales cuando él tomó una pequeña cuerda para atarle las muñecas.

Luego la empujó hacia abajo en una paca suave y abierta y comenzó a atarle los tobillos.

El plan para escapar había cambiado ahora.

Pero ella no se resistió a él.

"Nadie sabe sobre este lugar. Es todo mío y tuyo ahora. Hay muchas millas de distancia desde aquí a cualquier lugar habitado", dijo.

Sacó el teléfono celular del bolsillo de su chaqueta y lo lanzó al granero, rompiéndose en pedazos contra una viga de madera.

"No creo que lo vayas a necesitar más".

Otra oportunidad de escapar e incluso de rescate había desaparecido.

Ella lo observó mientras él le abría su blusa rosa, exponiendo sus pechos cubiertos por el sujetador.

Su mano agarró suavemente una de las tetas y la apretó mientras la miraba a los ojos.

Por un breve momento ella lo vio parecer tranquilo hasta que una sonrisa malvada creció en su rostro.

Un tirón de la prenda y se quebró en su mano fuerte, rompiéndola.

La tensión se apoderó de sus hombros y dolió, haciéndola estremecerse de dolor.

El miedo que ahora la llenaba completamente la hizo perder el control de sus funciones corporales y se orinó encima.

Ella comenzó a llorar y temblar.

"No hagas esto, Burt, por favor, no continúes con esto".

"¿No te gusta? ¿Pensé que esto era en lo que Leonardo estaba metido?" dijo, escupiendo sus palabras en su cara. "Te gusta Leonardo, ¿no?"

"Así es, sí ... casi lo olvido", continuó. "Le dejaste tomar tu virginidad, ¿no es cierto?" Su mano bajó y subió por su falda, tocando sus muslos cuando encontró su ingle. "Sí ... le diste algo que siempre quise yo. Algo que pensé que estabas reservando solo para mí".

"Burt ... no lo hagas".

"¿Por qué debería parar?"

Su dedo empujó dolorosamente contra su sexo, presionando contra la seda de sus bragas.

Bridget continuó llorando como si su mundo se hubiera acabado y solo quedara un sentimiento de desesperación.

Calvin la abofeteó con fuerza en la cara.

Se detuvo como en shock y lo miró.

"¡No eres más que una perra!"

Tiró de sus bragas hasta las rodillas y luego sacó una navaja suiza de la chaqueta y cortó ambos lados del elástico, arrojándolos sobre sus pechos.

Bridget estaba en shock total y lo observó en silencio mientras se enganchaba la falda y comenzó a besar su ombligo, luego comenzó a tirar del cinturón de su liga entre sus dientes.

"Burt, no me hagas daño. Haré lo que quieras", le dijo ella. "Podemos huir juntos, a algún lugar lejano para que nadie nos encuentre".

"¿Qué?" Levantó la cabeza para mirarla. "No hay ningún lugar donde dirigirse, niña estúpida. ¿Crees que voy a caer en ese truco? Harás todo lo que quiera, eso es cierto. Pero irnos juntos no es una de esas cosas".

"¿Y que...?"

"Lo sabrás muy pronto. Ya que te quiero en este momento y nada más importa".

"Necesito asearme. No estoy en mi mejor aspecto para ti en este momento".

"Por supuesto, nena, lo siento. Perdóname por ser tan impaciente".

Calvin se levantó y la miró.

La ropa de barro salpicada que ella llevaba le había recordado su promesa y ahora ella estaba sucia, necesitando cuidar su limpieza femenina, para que se sintiera mejor y quizás más sexual hacia él.

Pero Bridget había recuperado lo suficiente de su espíritu para pensar otra vez en engañarle, y planear un escape de él usando sus debilidades.

"Necesito que se me desates", dijo.

"¡No! Te lavaré yo mismo". Respondió.

"Burt, por favor, te lo ruego. Déjame cuidarme. Prometo que no huiré ... te lo aseguro".

"No, no puedo confiar en ti, bebé, lo siento. Iré a buscar un cubo de agua y un paño".

"Necesito jabón. Hay algo en mi maleta".

Él le dijo que se quedara quieta y que no se moviera de donde estaba antes de salir del establo.

Bridget esperó unos minutos y luego se puso de rodillas y, finalmente, se incorporó.

Ella podía verlo cruzar el patio a través de un hueco en la pared mientras él se dirigía hacia el auto así que ella saltó más cerca de la pared para vigilarlo más claramente.

Se fijó en la viga de madera que cruzaba la puerta para cerrarla desde dentro.

Estaba en posición vertical y sujeta con bisagras.

Un empujón y caería de su lugar.

La puerta estaría bloqueada, al menos, y sería incapaz de volver a entrar.

Así que de nuevo saltó hacia allá con las muñecas atadas detrás de su espalda hacia la viga para lograr tirar de ella.

Comenzó a moverse lentamente y por suerte se colocó en su lugar, cerrando la puerta del granero.

Calvin abrió la maleta y oyó el ruido procedente del granero.

Rápidamente corrió hacia las puertas y empujó contra ellas.

"¡Perra! ¿Qué has hecho?"

Las puertas estaban bloqueadas y trató de usar sus hombros para forzarla a abrirse.

Después de un par de veces se detuvo y se dio cuenta de que sus esfuerzos eran inútiles.

"Bridget ... escúchame, cariño. Esto no es bueno. Abre las puertas. Por favor, abre las puertas para mí".

Bridget se apoyó contra la pared y escuchó sus súplicas.

Ahora era cuando necesitaba su teléfono celular, pero éste estaba hecho pedazos, esparcidos por el piso.

Algo que había olvidado brevemente en su prisa y con desesperación comenzó a llorar, deslizándose lentamente por la pared hasta el suelo.

15.

Harris regresó a la sala de entrevistas y colocó una taza de café caliente en la mesa para Leonardo.

Éste miró al inspector con ojos oscuros.

"Bueno, ¿comprobó si ella estaba con él?"

"Mi asistente está haciendo eso ahora mismo. Pero, antes de nada, tengo algunas preguntas más para usted, ¿no le importa?" Harris se sentó a la mesa y abrió su cuaderno. "Mire, las cosas aquí son confusas y todo lo que veo en esto es una mezcla de diferentes personas involucradas en todo tipo de cosas y el tema clave parece ser el sexo".

"¿Sexo?" Leonardo se sentó en su silla y miró a Harris con sospecha. "¿Qué quiere decir?" Tomó la taza de café y probó su contenido haciendo una mueca por su falta de sabor.

"No me gustan todas estas cosas que le interesan. Pero parece que hay bastante misterio aquí y me resulta muy difícil reconstruir todo esto. Dice que Calvin está tratando de hacerse cargo de su negocio y que la señorita Baldwin contemplaba la posibilidad de un asesinato con la señorita Carrington y ... "

"No, no, ese asesinato fue un malentendido con respecto a la señorita Baldwin. Olvídese de todo eso".

"Pero el intento de asesinato es un crimen. Y usted fue una de las posibles víctimas. Tengo que investigar eso".

"Lo importante ahora es encontrar a Bridget. No se da cuenta del peligro que corre. Descubrí lo que está sucediendo. Es una conspiración para matarme para obtener mi negocio, que se planificó entre Calvin y Jacky. Todo falló en su primer intento y ahora su segundo plan también está fallando ".

"¿Segundo plan? Ahora me está confundiendo. Será mejor que lo explique"

"¡Pero el tiempo se está agotando! Bridget está en peligro, ¿no lo entiende?" Leonardo golpeó la mesa con fuerza con la palma de la mano y el café se derramó de la taza. "Calvin la matará ahora porque ha perdido todo lo que realmente quería".

"Lo que está diciendo es: ¿él es un suicida? ¿Y se llevará a otra persona con él?"

"Exactamente. El chico está perturbado, es un fanático del control y está en bancarrota. Sin mi negocio, no tiene nada en absoluto e hizo añicos a Jacky hace mucho tiempo, manteniendo esos pensamientos vivos en su cabeza de que yo maté a Jane. Es un manipulador y Thomas me lo explicó todo antes de irme esta mañana ".

"¿Thomas? ¿Entonces fue por eso por lo que envió esos correos electrónicos? Estaba tratando de darnos información. Pero ¿pensé que Calvin hacía esto para la señorita Baldwin? ¿No se suponía que la amaba?"

"Sí lo hace. La ama hasta la muerte".

* * *

Fuera del granero todo se quedó en silencio.

Bridget se calmó y escuchó atentamente, deslizando las piernas a través de sus brazos para que la cuerda se atara alrededor de sus muñecas en la parte delantera en lugar de la espalda.

La cuerda se tensó, mordiendo su piel, pero ella logró hacerlo.

Miró el nudo y luego trató de usar sus dientes para aflojarlo, pero sin éxito.

"Bridget...!" La voz de Calvin resonó a través de una grieta en los tablones de madera de la pared. "¿Por qué cerraste la puerta, nena? Sabes que esto es todo lo que tenemos. Estos últimos momentos tiernos juntos. ¿Por qué estropearlo? Abre la puerta, por favor".

"Esto es una locura, Burt. ¡Estás tan loco! Vete y déjame en paz". Ella trató de localizar en cuál de las muchas grietas estaba hablando. "No sé por qué haces esto, pero nunca te saldrás con la tuya".

"Tengo todo lo que necesitas para limpiarte. No lo estropees. Podemos pasarlo muy bien juntos. Te prometo que no te haré daño.

Nunca tuve la intención de lastimarte y lamento haber sido tan duro. antes. Por favor abre la puerta ".

Bridget buscó en el granero, recogiendo los pedazos del teléfono celular roto que pudo encontrar, pero se había roto más allá de cualquier reparación.

Sus muñecas comenzaron a sangrar cuando la cuerda se hundió con fuerza.

Luego se dio cuenta de que él se alejaba del establo mirando a través de una grieta.

Abrió el maletero de su coche y sacó lo que parecía ser un hacha.

Su corazón latía aún más rápido al pensar en lo que venía a continuación.

"¡Nadie sabe que estamos aquí cariño!" él gritó. "Esta no es la forma en que lo planeé y me estás haciendo usar una fuerza innecesaria". Caminó hacia el establo con el hacha apoyada en su hombro. "No estoy feliz, Bridget. De hecho, estoy realmente enojado contigo ahora".

Calvin dio un golpe en la puerta del granero con el hacha y lanzó astillas de madera volando hacia dentro.

Ese golpe produjo una brecha lo suficientemente grande como para que él entrara.

La miró encogiéndose contra la pared.

Ella estaba temblando de miedo y sacudiendo la cabeza mientras él se movía hacia ella.

"No, Burt, por favor te ruego que no me hagas daño".

Él agarró su suave cabello en su mano, lo retorció con fuerza y luego la puso de rodillas.

El dolor era demasiado para ella, además de la angustia que ya sentía, y Bridget pasó de la conciencia a un sueño traumático.

La soltó y su cuerpo flácido cayó a sus pies.

"¿Bridget?"

Se arrodilló junto a ella y buscó un pulso en su cuello.

Ella estaba viva, y con algo de remordimiento la tomó en sus brazos y la abrazó con fuerza.

"Cariño, lo siento mucho. Me hiciste enojar".

Le susurró cerca de su oído.

Su mano tocó sus pechos expuestos suavemente.

"Nunca te lastimaría, ni siquiera sé lo que estoy haciendo. Lo juro".

Lentamente, aflojó la cuerda alrededor de sus muñecas y luego la retiró, poniéndola sobre una pila de paja.

Sus dedos siguieron la línea de su cara y ella abrió los ojos y lo miró.

"¿Por qué?" preguntó ella suavemente.

Él le sonrió en respuesta.

"Si pudiera, huiría contigo y me escondería de este lío en el que estoy. Pero, realmente no me amas, ¿verdad? Todos estos años te he amado y he tratado de hacer que te des cuenta de eso. Tú te metiste en mi cabeza y no puedo sacarte de ahí. Todo lo que hice fue para poder estar contigo ".

Bridget estaba más allá de poder razonar.

Su mente estaba en estado de shock, tratando desesperadamente de llegar a lidiar y entender con lo que le estaba pasando.

Pero ella escuchó lo que él le dijo y ella se estiró y le tocó la cara.

"No puedo ser forzada a amar, nadie puede. Déjame ir, Burt. Si me amas tanto, entonces déjame ir".

Sus ojos se cerraron de nuevo cuando volvió a caer en un estado de inconsciencia.

Calvin se levantó y la miró tendida en el suelo, a lo que él le había hecho.

En ese momento supo que estaba muy mal lo que trató de hacer y lo lamentó mucho.

No tenía ningún sentido hacer lo que él había hecho y ahora el único camino era responsabilizarse de sus actos.

Tiró el hacha al suelo y salió del granero hacia el coche.

* * *

Carl regresó a la estación de policía y llamó a su jefe.

"Nadie sabe dónde está o podría haber ido. Le pregunté a su familia y lo único que todos ellos saben es que se fue a trabajar esta mañana. Su secretaria dijo que tampoco tenía citas programadas".

"Buen trabajo. Creo que necesitamos hablar con Thomas urgentemente". Harris respondió. "Ve a la casa de Carrington y encuéntralo rápidamente. Creo que podríamos tener que lidiar con un desastre en nuestras manos si no lo haces. Encuéntralo".

* * *

Calvin se sentó en su automóvil y miró hacia el granero antes de abrir la guantera.

Metió la mano y sacó una pistola, comprobó que las balas estaban en su lugar y luego la sostuvo en su mano como si la admirara.

"Sabía que serías útil algún día". Se dijo a sí mismo.

16.

Bridget abrió los ojos y lo que parecieron ser unos segundos de inconsciencia la habían llevado a un lugar de total oscuridad.

Ya era de noche y el aire frío la hizo estremecerse, mientras yacía rodeada por la paja húmeda.

Lo último que vio fue a Calvin mirándola, el sonido de su voz pidiéndole perdón y ahora todo a su alrededor estaba en silencio.

En la distancia, el sonido de un helicóptero en vuelo rompió ese silencio y ella se puso de pie lentamente, sosteniendo la ropa rasgada a su alrededor por calor y comodidad y para proteger su desnudez.

Ahora todo lo que había sucedido ese día volvió a ella y el escalofrío que le recorrió se convirtió en una sensación de miedo una vez más.

¿Estaría escondido, esperando para saltar sobre ella desde la oscuridad del granero?

¿Dónde estaba?

Su cabeza se estaba llenando de preguntas y el sonido del helicóptero se hizo más fuerte afuera.

Un rayo de luz iluminó el exterior del lugar y luego barrió el granero.

Bridget abrió la puerta y se tambaleó mirando hacia la nave aérea.

El helicóptero estuvo buscando hasta que colocó su rayo sobre ella.

El brillo de su luz hizo que ella protegiera sus ojos de él y la ropa desgarrada se abriera con el aire producido por las hélices, exponiéndola a la obvia mirada del piloto y su compañero.

"Charlie siete y nueve, creo que encontramos a uno de ellos". El compañero informó a través de su radio. "Es la mujer, pero no hay señales del otro objetivo".

"Ok, dígale a ella que se quede dónde está". Se le informó al piloto.

"¡Es la policía! ¡No se alarme y no se mueva!" la voz del compañero resonó por un altavoz por encima del sonido de los motores del helicóptero.

Bridget se quedó inmóvil, mirándolos, protegiéndose los ojos de la única fuente de luz disponible.

"Llegará con usted un oficial uniformado tan pronto como sea posible".

Y tan pronto como el compañero dijo esto la sirena creciente de un coche patrulla se comenzó a escuchar en la distancia.

Y el lugar cobró vida, una patrulla tras otra comenzó a aparecer de la nada.

* * *

Bridget estaba envuelta en una manta, todavía recuperando sus sentidos y ayudada en la parte trasera de uno de los autos por una oficial.

"Está bien, señorita Baldwin, ahora está a salvo".

La voz suave y calmada le hablaba en medio de una confusión de otras voces por radio y las de otros oficiales que conversaban en la escena.

"¿Estás herida? ¿Sientes algún dolor?"

Bridget sacudió la cabeza en señal de respuesta y sostuvo la manta más fuerte alrededor de ella.

"¿Dónde está Burt?" preguntó ella, casi susurrando.

No recibió respuesta hasta que escuchó las palabras de otro oficial que informaba:

"Lo encontramos. Está en el auto, muerto. Parece un suicidio. Tiene una pistola en la mano".

Bridget lo miró fijamente.

Sus ojos miraban inexpresivamente cuando las palabras penetraron en su mente.

"Él está muerto".

Continuó repitiéndose las palabras en su mente una y otra vez hasta que comenzó a entenderlas, cobrando un sentido más fuerte con cada respiración que realizaba hasta que gritó:

"¡Noooo!"

* * *

La suave música relajante de Beethoven sonaba de fondo.

Bridget yacía con los ojos cerrados y sonreía, evocando sus pensamientos hacia una sala de conciertos y viendo a su padre dirigir la orquesta todo ello haciéndose realidad en su mente.

Ella sonrió, sintiéndose contenta y feliz.

La sensación de un beso cálido seguido por el suave raspado de una lengua sobre su pezón envió sensaciones agradables a través de su columna vertebral.

Su sonrisa se ensanchó mientras se arqueaba hacia besos más profundos en ese lugar.

La sensación fría seguida por besos y caricias más cálidos, suaves mordidas que hicieron que sus manos buscaran y tocaran la piel suave en las puntas de sus dedos.

Pasando sus dedos sobre sus hombros, y explorándolo más, ella percibió su olor y sintió la suavidad de su cabello mientras él se movía hacia arriba, su cálido y reconfortante cuerpo cerca del de ella.

Sus ojos se abrieron para encontrarse con sus ojos marrones oscuros mirándola.

Entonces sus labios se juntaron y el beso se hizo más apasionado con cada segundo que pasaba.

Bridget estaba a salvo y todo lo que había pasado era ahora cosa del pasado.

Lo que comenzó en el restaurante hace unas pocas noches, cuando se conocieron por primera vez, podría continuar como estaba previsto, sin que ya lo pudiera prohibir más el destino.

Ella se había enamorado de él hacía mucho tiempo desde la distancia y el amor de él por ella comenzó mientras comían y charlaban por primera vez sobre la mesa del restaurante.

Sus labios se separaron.

"Eres la criatura más hermosa que he visto nunca. Nadie puede compararte de las que he amado antes".

"¿Ni siquiera Jane o Jacky?" Preguntó Bridget, burlonamente.

"Bueno ... tal vez ..."

Ella puso un dedo en sus labios para silenciarlo.

"Ten mucho cuidado con lo que dices, Leonardo. Me gusta lo que acabo de escuchar y no quiero escuchar nada más".

"Entonces, sí, quise decir lo que dije".

"¿Estás seguro?"

"Absolutamente."

"Entonces hazme el amor como nunca lo hemos hecho antes".

"¿Es eso una orden, señora?"

"¡Ah! No es una orden, Leonardo. Nunca más órdenes u órdenes encubiertas, recuerda que yo no soy así".

"Entonces haré el amor contigo porque quiero". Respondió con una sonrisa que la hizo sentir un hormigueo, una sonrisa que la llenó de placer, una sonrisa que le encantó porque le pertenecía al hombre al que tanto adoraba.

La música siguió sonando y una suave brisa sopló a través de la ventana abierta que daba al crepúsculo vespertino en Florencia.

Leonardo la había invitado a su casa.

Les daba a ambos una oportunidad de reparar su relación y tratar de olvidar los eventos recientes que tuvieron lugar en sus vidas.

Pasaron tres largas semanas juntos.

Y en esa época, Bridget se enamoró no solo de Leonardo, sino también de su país natal.

En cada oportunidad que se presentaba, hacían el amor y hablaban de una nueva faceta en la carrera de Bridget para continuar como actriz en publicidad.

Pero aún había cosas que necesitaba hacer y a una persona que necesitaba ver mientras estaba allí para librarse de un demonio que la acosaba desde la muerte prematura de su padre.

* * *

Ángel vivía solo en su vasto apartamento, un apartamento que Leonardo había compartido con él.

Les había invitado a los dos a cenar y al llegar, cuando Bridget abrazó a Ángel de nuevo después de un largo tiempo de odio hacia él, se sintió extraña.

Parecía más viejo, su cabello parecía mucho más gris que antes y también era obvio que él estaba padeciendo algina enfermedad de la que no le habían contado.

Los tres se sentaron alrededor de una mesa, compartiendo su comida.

Miguel Ángel parecía conversar con Leonardo más que él con Ángel, pero eso era de esperar.

Y ella escuchó su conversación, lo que podía cuando hablaban en inglés y no en italiano, centrada, sobre todo, en los tiempos que los dos habían pasado juntos a lo largo de tantos años como amigos.

Bridget sorbió el dulce vino tinto de su copa, mientras Leonardo le preguntaba.

"¿Cuándo te enteraste de tu enfermedad?"

Bridget esperó a que Ángel respondiera.

Pero no llegó tan rápido como ella esperaba.

En su lugar, Ángel se estiró su mano y la colocó sobre la de ella, apretándola con fuerza, pero con suavidad.

"Si alguna vez me acusan de obligar a que tu padre terminara con su vida, entonces Dios te habrá concedido un deseo". comenzó a explicar. Bridget lo miró con una ligera desesperación en su expresión. "Pero voy a dejar esta vida mortal antes de lo esperado".

"No..."

"Silencio ... No importa, querida. He hecho muchas cosas malvadas a otras personas en el pasado. Lo que le hice a tu padre fue cruel, amenazando con destrozar su carrera como un gran director de orquesta. Tienes todo el derecho de haberme odiado. Nunca me imaginé que tomaría la salida que tomó para evitarse la humillación como lo hizo. Debería haberlo pensado más y quizás él tenía razón cuando me dijo que había cambiado lo suficiente mi composición como para reclamar, al menos parte de ella, como su propio trabajo. "

Con eso, Bridget lanzó sus brazos alrededor de Ángel y lo abrazó.

El hombre al que quería tanto que muriera por venganza iba a morir de todos modos y sus palabras habían sido, al menos, las que había deseado escuchar durante muchos años.

"Debería haberte dicho lo que acabo de decir hace muchos años. Te hice vivir con odio y el odio no siempre se desvanece con el tiempo, y también puede crecer mucho por dentro, como sucedió dentro de ti, querida".

"Te perdono", le dijo ella, separándose con sus palabras suavemente de él y permitiendo que las lágrimas cayeran de sus ojos. "Lo amaba tanto. Lo era todo para mí".

"Sí, me doy cuenta de eso. Cuando lastimas tanto a alguien, también lastimas a quienes lo aman. Saber que vas a morir, te hace reflexionar sobre lo que has logrado y también fallado en la vida. Y no logré entender a tu padre, ni le di una oportunidad de explicarse ".

* * *

Más tarde, esa misma noche, Bridget y Leonardo paseaban por las concurridas calles de Florencia, absorbiendo la atmósfera de su historia y su moderno carisma.

Estaban tomados de las manos y caminaban en silencio mientras reflexionaban sobre Ángel y lo que él tenía que enfrentar muy pronto.

"¿Te sientes más tranquila ahora que finalmente has hablado con él?" Preguntó Leonardo.

"Sí. Y también me siento mal por lo que traté de hacer".

"Entonces todo está ahora resuelto. Retiró los cargos de intento de asesinato y ahora lo has perdonado. Creo que esto lo hace sentir mucho mejor por como lo hemos visto esta noche".

"¿Y tú, Leonardo? ¿Piensas retirar los cargos también contra Jacky?"

Él le sonrió, le besó la mano y le dijo:

"Bridget, hay algo que debes saber. Una conversación con el inspector Harris que tuve recientemente". Bridget lo miró profundamente a los ojos, con el rastro de lágrimas todavía presente en los de ella. "Si se hubieran presentado cargos en todo esto, entonces habría sido muy difícil de probar. Tú y yo desechamos la evidencia esa mañana en el río. Y no te obligaron a escribir una confesión".

"¿Qué hay de la confesión de Jacky?"

"Su confesión no vale nada ahora", respondió. "Completamente inútil".

"¿Cómo es eso?"

"Porque, con lo que les dije a la policía, simplemente hice que fuera tomada por loca. Su confesión es solo un producto de su salvaje imaginación. Se acabó. Y no fue arrestada por su parte en todo eso, al menos no todavía. "

"¿No crees que eso es peligroso?"

"No, en absoluto. Nos viene bien a los dos que ahora sea declarada mentalmente inestable. Al menos no intentará jugárnosla de nuevo. Y además hay algo más".

"¿Algo más?"

"Sí. He logrado hacerme con dos negocios más para mi imperio en crecimiento. El de Calvin y el de ella. Así que los cazadores se convirtieron en la presa al final".

Bridget se soltó de su abrazo y lo miró con severidad.

Él se encogió de hombros y le preguntó.

"¿Qué?"

FIN

www.ingramcontent.com/pod-product-compliance
Lightning Source LLC
Chambersburg PA
CBHW021216160726
47994CB00001B/499